时文精粹 SHIWEN JINGCUI

走过人生的
月缺花残

包利民◎著

煤炭工业出版社
·北京·

图书在版编目（CIP）数据

走过人生的月缺花残／包利民著．－－北京：煤炭
工业出版社，2016（2023.1 重印）

（时文精粹／陈勇，吴军主编）

ISBN 978－7－5020－5242－3

Ⅰ.①走… Ⅱ.①包… Ⅲ.①散文集—中国—当代
Ⅳ.①I267

中国版本图书馆 CIP 数据核字（2016）第 053748 号

走过人生的月缺花残

著　　者	包利民
丛书主编	陈　勇　吴　军
责任编辑	马明仁
封面设计	宋双成

出版发行　煤炭工业出版社（北京市朝阳区芍药居 35 号　100029）
电　　话　010－84657898（总编室）
　　　　　010－64018321（发行部）　010－84657880（读者服务部）
电子信箱　cciph612@126.com
网　　址　www.cciph.com.cn
印　　刷　北京飞达印刷有限责任公司
经　　销　全国新华书店

开　　本　710mm×1000mm$\frac{1}{16}$　印张　14　字数　120 千字
版　　次　2016 年 5 月第 1 版　2023 年 1 月第 5 次印刷
社内编号　8093　　　　　　　　定价　46.00 元

残缺是一种绽放

包利民

常常凝视于一朵盛开的花儿，会想到当初那些圆润的蕾，蕾的残破才成其美丽；也总是细听风中悠扬的断竹之音，折断的绿竹却能奏出盈耳天籁。

失手打破的香水瓶，使得满室馨香流淌；断臂的维纳斯永远屹立，那份美成为永世仰望的经典。

人的一生中，也总会经历磨难，有时便会给自己的身体带来残疾。失落和失望总是存在，只是，黯然之后，心是否也会因此残缺。

其实，只要心中盛满着美与希望，如一束莹然之光，会将所有的残缺都掩盖。

我更喜欢这样的定义。残疾是因为心里的爱与美太多，想在身体上寻找一个流淌的出口。

所以，残缺是一种绽放。

那些身有残疾的人，总会让我们感动震撼。

记得这样一个小故事：

小女孩问妈妈，为什么我看不见这个世界？

妈妈说，那是因为你比世界美丽，所以，上天不让你看见世界，怕世界在你的目光中失色。

是的，残疾人的身上，总有一种美要超越世界，总有一种情怀远迈众人。

他们的坚强，如冰雪下的青松，任寒流滚滚不改其色；他们的希望，如遍野的小草，摇曳着无边的生机；他们的奋斗，像一河流水，曲折蜿蜒却不改方向；他们的成功，像旭日东升，点染着身边的世界。

他们的情感，如花香润染，又如静水流深，给这个世界增添了太多的美丽。他们，不仅温暖自己，更能烛照他人。

上帝关上了一扇门，必会打开一扇窗。更朴素的道理是，一处的折损，必有别处的超群。

他们对生命是感恩的，他们对生活是热爱的。生即机遇，活即幸运，他们抓住了机遇，他们珍惜着幸运，他们勇敢而精彩地生活！

从他们身上，我们会学到许多。不仅是坚强，不仅是乐观，更是对生活的态度。

霍金曾说过："当你面临着夭折的可能性，你就会意识到生命是宝贵的，你有大量的事情要做。"

所以他们比我们更珍惜时间，更珍惜生命。

霍金还曾说过："身体和精神是不能同时残障的！无论命运有多坏，人总应有所作为，有生命就有希望。"

这也许就是霍金成功的原因，也许就是那么多残疾人活得精彩的原因！

所以，他们的生命是最灿烂的绽放。

我认识一个坐轮椅的女孩，她用微笑点亮所有的暗淡；我认识一个有腿疾的中年男人，他用独腿走遍了全国；我也认识一个失聪的女子，她在无声的世界里创造了无边的美好；我还认识一个失明的大嫂，她在画布上绣下了最美的图案……

每一个残疾人，都有一段自己的故事，都有一颗美好的心，都有一份直入心灵的感动。

我们欣赏着他们的绽放，他们的绽放感染着我们的心绪，使我们更加去热爱生活，虽然生活依然有着太多的磨难，可是，有他们在，我们会觉得生活依然美好，依然充满惊喜。

感谢他们！

愿我们的生活永远美好！

目录

Contents

第三辑
有爱岁月暖

第四辑
残缺的身躯，完整的生活

第一辑

梦想是身体的一部分

对于少年如花的年龄，遭遇不幸身患残疾便如生命中第一缕寒风，吹散许多美好的憧憬。走过坎坷的路途，心便会丰盈如初，梦想温暖生命的苍凉，梦想是继续飞翔的翅膀。所有的暗淡都会生辉，所有的路途都会花开，如此，生活依然美丽。

琴键上的十二根手指

　　她刚刚懂事的时候，便问妈妈："为什么你们都是十根手指，而我却有十二根呢？"

　　她一出生两手便是畸形，每只手上多长了一根手指，而且这多出来的手指长得很正常，如果手术切除的话，手掌前方就会空出一块来。父母于是决定不做手术修复，顺其自然。所幸她的每根手指都很灵活，仿佛就该有十二根手指般。

　　面对女儿的提问，妈妈想了想说："你比别人多长了两根手指，那是天上的神仙喜爱你的缘故，因为多了两根手指，将来你就能做许多别人做不到的事！"她听了妈妈的话，立刻高兴得跳起来，在心里不停地感谢着天上的神仙。

　　可是上学以后，一切仿佛都变了。女生们谁也不愿意和她在一起，像看怪物一般看她，男生们则大声地围着她起哄，喊她为妖怪。她孤独寂寞，常常无助地哭泣。特别是有一次老师让她朗读一篇作文，当她读到："那是一个伸手不见五指的夜晚……"有个同学在下面说："应该是伸手不见六指的夜晚！"同学们哄堂大笑，她委屈得眼泪快要掉下来，看着自己的双手，她真想把那两根指头折断。她开始怀疑妈妈的话，如果天上的神仙真的喜欢她，

就不会让别人这样嘲笑她了。

那一堂课讲的是想象作文，老师让她继续把那篇作文读完，说："明天咱们要观看一部科幻影片，以提高你们的想象力！"第二天的作文课，老师果然给大家播放了一部科幻片，影片中有一个美丽的外星人，她有着超强的能力和善良的心，一次次地拯救了地球。而那个外星人，每只手上便长着六根手指。

看完影片，老师说："同学们，一个人长成什么样子并不重要，重要的是有一颗善良美丽的心。苏晓丹同学虽然长着十二根手指，可她那么善良那么美丽，也许就是电影中的外星人降临到咱们这个世界上呢！大家应该喜欢她爱她，不应嘲笑她！"那一刻，同学们都安静下来，把目光投在她的身上。下课后，大家纷纷找她玩儿，而在此前，在做游戏时谁也不愿意拉着她的手。那一瞬间，她流泪了，而这次却是幸福的泪。

一个偶然的机会，她喜欢上了音乐，为此妈妈给她买了一架电子琴，她很快就能弹得行云流水般动听。后来，她开始学习钢琴，而她的优势也显现出来。由于每只手多了一根手指，每个音域内的按键她都能轻松触到，这样一来，那些复杂的需要很高技巧的曲子，她便能顺顺利利地弹奏下来，而且极流畅，仿佛那些曲子就是专门为她准备的。

读初一的时候，她便在全省的少儿钢琴大赛中获第一名，看着她十二根手指在琴键上灵活地跳跃，在场的人都被深深震撼了。同年，她在全国钢琴大赛少儿组的决赛中再次夺魁，一曲终了，她高高举起双手，让幸福的心湮没在如潮的掌声中。她对记者说："妈妈曾对我说过，天上的神仙特别喜欢我，才给了我十二根手指，我要用这十二根手指弹奏出最美的音乐，送给那些喜欢我的人！"

命运给了你缺陷的同时，也会给你的人生带来不同的际遇，只要你心中充满爱和希望，只要你坚强，那些困扰着你的种种，终会变成人生路上最美的花朵，芬芳氤染无际。

梦想是身体的一部分

夜里的天空很蓝

　　门悄悄地在身后关上，莱森的身影融入黑暗之中。屋里，六岁的哈里问十岁的姐姐琼丝："姐，哥哥怎么又在晚上跑出去了？"琼丝说："你没发现吗？他白天有了什么不顺心的事，夜里准要溜出去！"

　　13岁的莱森走在无人的郊外，此时，小镇上的灯火已经依次熄灭。不像在白天，要清晰地面对同学们的嘲笑。夜色将他隐藏得很好，包括他那张扭曲变形的脸。6岁那年的一场抽搐病，使得他的脸再也不能恢复到本来的面目，那副口歪眼斜的样子，在同伴们眼中是怪物，他也在这种称谓中度过了一年又一年。那一场病，把他的生活推入了黑暗之中，只有在漆黑的夜里，他才会有一种释然的感觉，仿佛戴上了一张无形的面具。

　　永远不会忘记那年出院的时候，莱森在家门前遇到了几个平时的玩伴，他们一见他立刻四散奔逃，一个小女孩竟吓得大哭起来。连弟弟妹妹对他也有着一种恐惧，面对镜子的那一刻，他自己也惊呆了。他硬着头皮去上学，躲闪着别人的目光，沉默寡言，度过一个个漫长的白日。夜里却是他的世界，他可以肆无忌惮地穿行于一条条街上，可以在任何感兴趣的地方停留，甚至可以在野外放声高歌，他觉得自己的声音很美，却只是一种无人欣赏的美。

有一天夜里，莱森翻身下床，走出屋去。家里人已经习惯了他的行为，只是有一次妹妹担心地说："哥哥这么晚出去，不会遇见坏人吧？"弟弟却说："没事儿，他会把坏人吓死的！"其实，在夜里的小镇上，莱森很少能遇到行人。那个晚上，他悠闲地在街上漫步，没有路灯，没有月亮，他的脚步轻快而自在。忽然，在一所学校的门前，他隐约看到有个黑影站在那儿。他向前靠近了几步，看出那是一个七八岁的小女孩。经常在夜里活动，他的目光已经能适应黑暗了。只是这么晚了，小女孩怎么一个人站在这儿？在好奇心的驱驶下，莱森又向前走了几步，听见那女孩在低低的哭泣。于是他走到近前，问："这么晚了，你怎么不回家？"小女孩吓了一跳，停止了哭泣，莱森忙说："我也是学生，你别怕！"女孩说："放学后妈妈没来接我，我自己回不去！"莱森问："你家住在哪儿？我送你回去！"小女孩犹豫了一下，说出了住址，并把手伸给莱森，莱森拉起那只小手，带着女孩向黑暗中走去。

有微凉的风轻轻流淌，小女孩不一会儿就变得欢快起来，问着一个又一个问题，而莱森也一改常态地一一回答，一年中他也没有说过这么多的话。他庆幸这么黑的夜，使得小女孩看不见自己的样子，他也第一次感觉到自己原来是这么健谈的。忽然，女孩问："大哥哥，你看，天空是不是很蓝呢？"莱森有些奇怪，夜里黑漆漆的，怎么会有蓝天？他抬头向天，果然，天空是暗蓝的，点缀着一颗颗明亮的星星，就说："真的，天空真的很蓝呢！"

说笑之间，到了女孩的家，敲了门，女孩的妈妈走出门来，惊奇地问："迪娅，你不是被奶奶接走了吗？"迪娅说："奶奶没有去接我呀！我在校门那儿等到天黑，是这个大哥哥送我回来的！"

梦想是身体的一部分

第一辑

她回头问："大哥哥，你叫什么名字呀？"莱森说："我叫莱森！"迪娅欢快地说："你真好，莱森哥哥！"莱森却说："要是在白天遇见我，你会吓得哭鼻子的！我长得很吓人的！"迪娅笑着说："才不会呢，大哥哥，你长得吓人也没关系啦，我的眼睛什么也看不见，白天晚上都一样！我看不见天空，才问你是不是很蓝。再说，你这么好的哥哥，长得再吓人我也不怕！"

回去的路上，莱森仰头看着夜空，暗蓝的天上繁星点点，忽然感觉心里有什么东西忽然就落了下来，轻松无比。那一天，他在日记中写道："感谢迪娅，让我知道了夜里的天空很蓝！丑陋的无须隐藏，闪亮的也不能掩盖，就像黑暗遮不住夜空的蓝！"

那夜以后，莱森再不将自己躲藏起来，他向每个人微笑，虽然那微笑还是那么狰狞，可是却是从他心底绽放的花，再扭曲也是美丽的。莱森微笑着走过了生命的长夜，走到了阳光之下，也会带着这种心境，走过风雨起落的一生。

口哨悠扬

　　从乡下初搬进城里，我才十几岁的年龄，刚刚读初中，在等候办转学的那段日子里，便整日待在家里，竟不敢走上街头去看城里让我感到惊奇的一切。有那么一天，我正在看书，忽然一缕悠扬的口哨声传过来，极细极动听，如一丝细细的风，悄悄从窗口潜入。

　　以前也常听别人吹口哨，可是这么婉转的口哨声还是第一次，而且那是一支我所不知道的曲子，低回缠绕，又似有着一丝淡淡的愁怨，我一时听得呆了。我走进院子，声音从邻家传出，只隔着一堵矮矮的墙，我张望了半天，却看不清屋里的人影。忽然，旋律停止，就如一本书翻到了最后一页，留下无限的回想。而空间也仿佛更空虚。正彷徨间，口哨声又起，这次是我熟悉的《喀秋莎》，其间蕴含的意境也变全了。这究竟是一个什么样的人呢？我站在院里良久，任那些曲子将我包围。

　　每日里那口哨声都会出现，却仍是只闻声而不见其人。后来我去新学校上学，在每天的傍晚仍能听见口哨声，曲子常变换，在斜阳晚照中随风扑入我的窗。直到有一天，我才终于看见了口哨主人的真面目。那个中午，我回家，进院时发现邻家的院子里有一个女孩，比我大上一两岁的样子，让我吃惊的是她坐在一个轮椅上，正仰望天上的一朵白云。我感觉到一定是她在每日里吹口哨，果然，她低下头，又吹起了我第一次听到的那首很美的曲子。我就站在那里倾听着，一曲终了，她抬头看了我一眼，嘴角泛起一丝笑意。

渐渐地了解到关于她的一切，她不但有高位截瘫，而且在两年前的一场重病中，失去了声音。我大为错愕，一直以为哑了的人，嘴里除了"咿咿呀呀"，不会再发出别的声音。却没有想到她竟然能把口哨吹响，而且吹得如此动人。她每天都在家里看书学习，累了，就让曾经会唱的那些歌变成口哨飞出来。我也终于知道了她吹得最多的那首曲子，就是《虫儿飞》，于其中融入一种柔软的韧性。

后来又搬了几次家，在城市之间辗转，故乡人事渐渐淡远。可是每当听到别人吹起口哨，心中便会起了雾一般，想起当年的那个女孩。前几日，附近的一所幼儿园播放那首《虫儿飞》，一群小朋友在阳光下跳舞，忽然明白，那个女孩子，虽然无法走路，无法说话，可她的心无时不在阳光下自由地飞翔。于是在多年以后的这个夏日午后，心中涌起了一种温暖的感动，随着被风送来的歌声，我轻轻地吹起了口哨，有一种力量在胸中涌动。顿觉前路的艰难已不足畏，因为没有一座高山可以阻挡住飞翔的翅膀。

一阵风的美丽

　　波茨娅是美国加州一个 13 岁的女孩，就在两年前，她那双美丽的大眼睛永远失去了光明。当世界变成一片黑暗，她失去了方向，围绕她的都是惊恐和茫然。有时她甚至无法去感知世界的存在，像一只处于暗室的蝴蝶，空有翅膀，却无法飞翔。

　　那时，波茨娅最怕的是照相，她不希望自己茫然无神的眼睛出现在相片上，更不愿戴着像征着盲人的黑黑的眼镜。有一天，妈妈强拉着她出去照相，并许诺一定不会在照片中出现她所想象的形象。波茨娅猜不出妈妈有什么好办法，可还是和她来到了房外。妈妈拉着她走上门前一个较高的土冈，她站在上面，感觉到风把自己的头发吹得向后飞扬，吹得自己睁不开眼睛，直到妈妈说照完了，她还在感受着那阵风的猛烈。她担心地问妈妈："照片上真的看不出我是盲人吗？"妈妈说："不信咱们可以验证一下！"不过妈妈却没告诉她怎么去验证。两周以后，波茨娅收到了一些来信，来自全州各个地区的，妈妈给她读这些信时，她惊讶地发现这些写信的人没有一个知道她是盲人。妈妈告诉她："我把你的照片刊登在报纸上了，名字叫一阵风的美丽，你在风中长发飞舞眯着眼睛，别人根本看不出你是盲人！"

　　从那以后，波茨娅开始喜欢上了风，因为风能让她变得如此完美。她常常站在门前的高冈上，在浩荡的长风中一任思绪飞扬。

梦想是身体的一部分

第一辑

可她也有烦恼的时候，因为并不是每天都有大风从门前经过，那样的时刻，她觉得自己便又重回那个封闭黯淡的自己。她向妈妈说出心中的苦恼，说："如果风每天都不停地刮就好了！"妈妈笑着问："还记得那年你要玩彩旗的事吗？当时我给你做了一面彩旗，你玩得挺开心！"波茨娅一下子想起来，事实上她很少去回想眼睛盲前的往事，她说："是啊，当然记得，后来没有风了，彩旗飘不起来，我还大哭了一场呢！"妈妈问："后来呢？"波茨娅一下子站起来，说："后来，你让我举着旗奔跑，旗就飘起来了！啊，妈妈，我知道该怎样得到风了！"

自那一天起，附近的人们都能看见一个小女孩在野外奔跑的身影，那女孩的头发在身后扬起，衣裙飘飘，就如风的精灵美丽地掠过。波茨娅徜徉在风的长河里，如逆流而上的鱼，毫不知疲惫，她越跑越快，风便越来越大，她有时会忍不住大声欢呼，她觉得自己化成了风的一部分，自由自在，任意流淌。她的奔跑终于引起了人们的广泛关注，有人对她说："你跑得太快了，应该参加学校的长跑比赛！"她的心里一动，已不知多久没有参加学校的活动了，她已将自己埋藏得太久，如今找到了快乐的方法，她的心境也开朗起来，便真的报名参加了学校的运动会。

那次运动会，波茨娅成了最闪亮的明星，她奔跑的身姿倾倒了无数人，一连获得了五个项目冠军。而此时，她才16岁，她的生活也因此而发生了翻天覆地的变化。她被特招进市里的体育队，几年的时间，她便挟着一身长风刮遍了全美。当在全美残疾人田径锦标赛上，波茨娅比完最后一项万米时，站在终点线上，听着身后还很远的跑步声，依然沉浸在刚才在风里的感觉。这次锦标赛，她夺得了四枚金牌。站在领奖台上，面对观众的欢呼，她对记者说："我知道自己只有在风中才是完整而美丽的，而奔跑，可以给我带来不断的长风！"

是的，只有奔跑起来，生命的大旗才能高高飘扬。

会说话的脚

　　去年夏天，我在老家的呼兰河畔散步，阳光之下，一河流水亮亮地淌向南边，岸上横着许多船。十年不见，这条母亲河依然以不变的姿态欢迎着我，这让我于亲切中充满了感动。

　　那些泊在岸边的船上，有人在洗衣服，有人在聊天，比之不远处城市中的繁华喧嚣，这里有着一种令人向往的轻松与平静，使人顿生回归之念。

　　在一条木船上，一个中年男人在拾掇鱼，他的妻子在靠岸的一侧洗衣服，一个十一二岁的小女孩，坐在船舷上，将两只脚伸进水中，偶尔摆动几下，于是足边便有层层的涟漪荡漾开去。这是一个怎样安详而温馨的场景啊，我竟看得出了神。

　　对岸的水草丛中飞起一群白鸟，呼啦啦地掠过水面，转而向南飞去了。当我收回目光，竟看到了另一番景象。那小女孩不知何时把脚收回，两只脚竟端着一本书在看，这时我才震惊地发现她竟然是没有两臂的！正呆呆地看着，忽听她的爸爸叫了她一声，她转过头，静静地笑。

　　不知不觉，我走到了他们的船边。见我一直看着那小女孩，洗衣服的女人对我说："那是我闺女，从小两只胳膊就没了！"听妈妈说起她，小女孩仰脸冲我笑了笑。我问："你这样看书累吗？"她摇摇头。我又问："你是怎样练习两只脚的呢？"她笑了笑没有说话。这时，一直沉默的父亲说："她不会说话，6岁那年的一场高烧，她就成哑巴了！"

我又一次惊呆了，这么小的女孩，何以命运却是如此残酷？而在这种情况下，她又何以能面带如此灿烂的笑容呢？也许是习惯了厄运，习惯了这种生活方式。脚下的河水无声地流淌着，有微风吹过，像无奈的叹息。

我忽然不忍面对这个女孩，我怕自己会露出怜悯的神情，我怕自己善意的怜悯对小女孩是一种不经意的伤害。正想转身离去，却见小女孩向我伸出左脚，两根长长的脚趾上夹着一张纸。我接过来，上面写着："叔叔，你不用为我难过，我的脚比别人的手都灵活，虽然是哑巴，可我的脚会说话！"在她的右脚上，还夹着一支笔。

字迹整齐而娟秀，刺痛着我的眼睛，在7月的阳光下，我忽然有一种要流泪的冲动。我把那张纸小心地折好，放进口袋里。然后我轻声对她说："再见！"她扬起右脚，冲我挥了挥，脸上的微笑直印进我的心里。

忽然明白，能让小女孩依然面带微笑的，不是对厄运的习惯，不是对这种生活的习惯，而是她有一颗坚强而火热的热爱生活之心。

身畔的呼兰河一路向南，像流淌着无尽的激情。

最美的拥抱

　　当我遇到那个孩子的时候，正是丁香花开得一片深情，初夏的阳光暖暖地照在大院里。面对我的到来，她表现出一种冷漠，只是在用心地画着国画，偶尔抬一下头，也是略带着敌意的目光。她长得很白，眼眸中泛着淡淡的黄色，一个很漂亮的小女孩，让人有一种想拥抱她的冲动。

　　我并没有在意她的冷淡，我知道十三四岁的孩子对陌生人都有着一种本能的排斥，更何况她生长在这样一个大大的院子里。

　　她叫邓晓沫，她生活的这个大院，是孤儿院。这里生活着那么多大大小小的孩子，都和她有着相近的神情。那些长得好看些的大多被人领养走了，只是晓沫，虽然很美，却没有人领养她。我想，以她表现出来的个性，就算有人想领养她，她也会拒绝。我是来采访她的，她的国画在省内获了奖，想到她的身世、她的处境，觉得应该有着不为人知的努力与艰难，所以便想把她的故事讲给更多人，于是便来造访。

　　晓沫不理我，我也没有打扰她，只是耐心地看着她完成了一幅丁香滴雨图。是的，单是她作画的样子，就足已震撼人心了。然后她便抬起大大的眼睛看着我，还是无语，我亦沉默。良久，我轻叹一声，转身离去。忽然听到她低声问："你的名字叫什么？"我微笑着告诉了她，然后走进 5 月的阳光。

其实，我还是多多少少听到过一些关于邓晓沫的事。出生便被遗弃，在孤儿院里艰难地生活，这里所说的艰难，并不是条件上的，而是她心灵上的沉重。她挣扎着上学，跟跄着生活，仿佛身前身后都是寂寞的陷阱。很少与人交往，性格怪异，与别人总是格格不入，几乎没有朋友，无论生活还是学习，她都有着别人所不知道的艰辛。酷爱国画，自学，省出钱来买书，每天的练习，每一个脚窝里都盛满着汗水。

又一个周末，我还是来到了孤儿院，晓沫依然在画画。我站在一旁看，她在临一幅《东山草堂图》，似是已画了很多时日，就要完成了。她仍是偶尔抬头看我，目光中的戒意少了些许，我仍是不敢出言打扰。只是在不引起她厌恶的基础上，动手帮着小忙。看她竣工，我离开，外面的阳光仍是柔柔洒洒。

再次去，已是半个月后。晓沫还在画画，似乎她的生活就是如此，画笔下美丽绽放，心境却单调无比。这次她抬头看了我许久，幽深的眸子中辨不出任何情感上的波动，却再没有了敌意。依然是她完成，我告别。还没走出门口，她叫住我，说："床头上的画，给你！"有些诧异，取来，知是那幅《东山草堂图》，已经裱好，心中有了暖意，道了谢，离开。一脚刚踏出房门，她的声音从背后传来："你的书！"我回身笑，点头。

挑了本自认为最好的集子，送给小沫，第一次看到她笑。虽然只是一瞬间，却如风展水面，又似忽然花开，给人以心灵上的温暖与莫名的感动。她说："你别谢我，我也不谢你，咱们是交换的！"这个孩子，就是这样的个性。

就这样渐渐熟悉，慢慢地接近着她一直紧闭的心扉。她不像别的孩子叫我叔叔，只是叫你。有一次闲聊，问起她名字的含义，她微蹙眉："我也不知是谁给我起的名，让我想起《海的女儿》，晓沫，清晨的大海上，破灭的泡沫。"她的眉宇间闪过淡淡的忧伤，我竟是无言以对，良久，我问："我可以抱你吗？"她一笑，摇头："不行。你知道吗？有很多人想拥抱我，我都拒绝了，你也不行的！"

我知道，要把她带出封闭的空间，还需要很多的时间。我有时会同她出去散步，看江风逐浪，看柳絮扑天，或者带她一起去采访，走进一个个别人的故事，起初的时候，她不是很愿意，可是并没有拒绝，渐渐地，她也似隐隐有了期待。甚至有一次，我还带她参加了同城的一次文友聚会，她居然还一反常态地唱了首歌，孟庭苇的《无声的雨》："站在摩天大楼的顶上／隔着静静玻璃窗／外面下的雨却没声没响／经过多少孤单从不要你陪伴／谁相信我也那么勇敢……"这也许是她第一次吐露心声，在这么多人面前，我竟听湿了自己的眼睛。

那个晚上，在送晓沫回去的路上，她一直没有说话。在孤儿院门前告别时，她忽然抬起脸来看我，眸子中映着美丽的星光月色，她说："你，可以抱我吗？"我轻轻地拥住她，一如拥着一颗冷而易碎的心。好久，她才低声说了谢谢，脸上有着两行泪痕。她任那泪痕在脸上蜿蜒如两条亮亮的溪流，注视着我，问："我可以抱你吗？"

我眼睛一热，重重地点头，用双臂轻轻地将她抱起。她的双腿抬起，揽在我的腰上。天上一轮澄黄明亮的月，我终于落下泪来。她放下腿，走进院子里，不去看我流泪的眼。

我一直知道她拒绝着别人的拥抱，是因为她无法给别人以同样的拥抱。我也知道，她的不幸、她的艰难、她的孤独，都来源于此，因为她没有双臂！我更知道，从今夜起，她将会改变，迎接着她的是汹涌而来的所有美丽日子。就如在清晨中泡沫破灭的大海上，在蓝天里，那些飞翔着的美丽天使，生活正在绽放。

世间最美的房子

当她生下女儿，幸福的潮水还没退去，却被医院告知，女儿是脑瘫。刹那间，她世界中的温柔春雨变成了飞雪冰雹。有人劝她，就别要这个孩子了，这种病治不好，会拖累你一辈子。她和爱人商量了一下，决心要把这个孩子养大，不管前路上有多少艰辛。

抚养一个脑瘫的孩子，种种意想不到的困难接踵而至，她却从没有后悔过，没有退缩过。她把一个母亲所能付出的全部的爱，都给了女儿。虽然女儿长到十岁还不能说出一个字，还不能走路，甚至从没有笑过。这是她最大的遗憾，她想尽办法去逗女儿，可这孩子仿佛天生不会笑，就像一朵不能开放的花。

后来，和她一直在同一战线的爱人退却了，他想再要一个孩子，可她却不同意，她怕有了另一个孩子，自己就不能全心全意地照顾这个女儿。终于，爱人和她离婚了，她没有丝毫的怨怼，甚至觉得是自己对不住他。她带着女儿艰难地生活着，可不管怎样苦怎样累，每天她都要用轮椅推着女儿去看夕阳。她还查阅了大量有关的资料，努力地教女儿一些知识，虽然收效甚微，她却从不放弃。

那是一个雨后初晴的黄昏，她推着女儿从外面回家。在家门前有一个小坡，下过雨有些滑，她推了几次都没能把轮椅推上去。后来，她用尽力气终于把女儿推上了坡顶，喘着粗气对女儿说："宝贝，咱们又胜利一次了！"就在这一刻，那孩子忽然笑了，而且笑出了声。她一下呆在那里，在斜阳之中，女儿的脸上就像绽放了一朵美丽的花，灿烂无比。她从没想到，女儿笑起来竟是这么美！多年的种种，在这笑容里，都变成了幸福的点滴。

那一瞬间，女儿笑了，妈妈却哭了。

几年以后，当她面对记者，仍能清晰地记起女儿第一次笑时的每一个细节，记起自己心中的那份幸福与感动。她此时已经开了一个学校，专门招收脑瘫儿童，她把自己的爱给了更多不幸的孩子。她说了一句让所有人动容的话："天下没有不幸的脑瘫孩子，只有不称职的母亲！"

她的女儿在 16 岁时画了平生的第一幅画，画中是一所房子，而这所房子却是一个母亲的怀抱，在房子里，在母亲的怀抱中，是一个笑靥如花的小孩。当这幅画出现在电视中，当人们知道了这对母女的故事，都哭了。许多人打电话对她说，那幅画是他们见过的最好的画，画中的房子是最美的房子。因为有了爱，那房子便成了最温暖的家！

是的，母亲的怀抱，永远是世界上最美的房子。

楼顶的星光

女孩跌倒的时候，她妈妈正在学校讲课。当她被送进医院，经过一番治疗，仍然没见好转，从医生和妈妈的神情里她知道自己再也不能站起来了。

父母都是师专的教师，女孩9岁的时候，父亲因意外而去世，只剩下她和母亲相依为命。像所有单亲家庭的孩子一样，她早早地懂事，可是当灾难再次袭来，在她13岁幼小的心中，真的是无法接受瘫痪的现实。从医院回到家后，她只能生活在轮椅上了。最初的时候她也哭闹，也疯了般摔东西，可是渐渐地她就平静下来了，因为她不想让妈妈伤心。她不能去学校上课，便自己在家里自学，不懂的时候便问问妈妈。实际上，在她的心里，有着深深的绝望，仿佛只是刹那间，世界在眼中便成了另一个样子。

虽然家里有电视有宽带，她还是觉得异常地烦闷。妈妈看出她的不快，每天的傍晚都要背她下楼，到楼前的小区里坐上一会儿，她家住在二楼，上下楼也不费什么劲儿。看着那些悠闲散步的人们，她忽然觉得能够走路对于她来说竟是最大的幸福了。现在想来，以往的岁月里，自己曾经不经意走过的每一步，都是最幸福而短暂的。就这样一直坐到暮色长垂，她才让妈妈背自己回去，身边正在渐浓的夜色，就像她的世界一样看不见前路。后来，她便不让妈妈背着自己下楼了，她说，她怕在光明中想到自己世界的黑暗，更怕渐浓的夜色染重自己本不光明的心。

有一天晚上，她坐在窗前呆呆地看着外面的星空，妈妈忽然对她说："走，我带你去一个地方！"她穿上衣服，妈妈背起她出了门，却一直向上走去，一直顺着楼梯上到楼顶。这幢楼共七层，从二楼到楼顶，妈妈累得气喘吁吁。一到楼顶，她忽觉精神一阵，夏夜的风凉凉地吹着，顿觉天高地阔，而又是那样的安静。抬头看，群星如散落的珍珠，每一颗都闪着温情，让自己的心有着久违的暖意。她以前还从没这样近地看过星星，没有各种灯光的干扰，真是清极亮极。她坐在楼顶，抬头看着星空，而妈妈却垂头看她，看她眼中融入的星光月色。

那天晚上，她们在楼顶待了很久才回去。以后的每天夜里，妈妈都背着她到楼顶看星星，那些个夜晚，有云有月，而更多的时候是星光灿烂。每个夜里，星光都点亮着她的眼睛。她终于明白越黑的夜里，星光就越是明亮，有时虽然有云，却不能长久地挡住星光。她想到自己，在这样黯淡的际遇里，应该也会看到生命的星光吧？这样一想，许多被丢弃掉的梦想又都一一重现，在心里闪着温暖的光！看着女儿一天天的变化，妈妈终于笑了，她知道星光点亮了她的眼睛，而眼睛也点亮了她的心。

那个晚上，妈妈和往常一样背着她下楼，她在楼道昏暗的灯光下，看到了妈妈的几根白发，也看到了妈妈脸上的汗水。便轻轻地说："妈妈，以后不用再上来了，我在家里也能看到星星了！"

女孩从此开始努力起来，她的梦想之花一一地开放。在她的心底最深的角落，永远藏着那些个无人的夜晚，在那高高的楼顶，曾有过的最美的星光！

指尖上的舞蹈

天刚放亮，连小鸥就起床了，她对着镜子仔细地梳着头发，并编了几条好看的辫子。太阳升起的时候，她开始叫爸爸妈妈，今天有一件大事，她要去少年宫观看舞蹈演出，并神秘地对家里人说，她也会参加演出，可家里人都不相信。

爸爸妈妈知道小鸥对这次舞蹈演出很在意，昨天夜里，她在房间里鼓捣了很晚，还放了一段音乐，不知在忙些什么。去少年宫的路上，每遇见熟人，当别人问起时，连小鸥都会兴奋地说："我去少年宫参加舞蹈演出！"听得别人直发愣，脸上明显闪过怀疑的神情。

少年宫里已经坐满了学生和家长，一片喧闹之声。爸爸妈妈带着小鸥来到台前的头排，小鸥的一身演出服立刻吸引了许多人的目光，那些大人和孩子都在悄悄地议论着，而小鸥只是面带微笑坐在那里，并不在意别人的目光和议论。

演出开始了，大幕缓缓拉开，十个盛装的女孩子在音乐声中开始翩翩起舞。她们的服装和连小鸥的一模一样，而伴奏的音乐，也是昨晚小鸥在房中播放过的。看着没能上台演出的女儿，爸爸妈妈的心中都有些酸涩和黯然。而连小鸥却一点儿失落和失意的神情都没有，她静静地看了一会儿，当音乐一转折间，她忽然转过身高举起右手！

许多人的目光都被小鸥的右手吸引了。那只手五指纤长，在每一个指尖上，都套着一个用彩纸做成的小家伙，正是五个福娃，而她的指尖随着音乐的节奏不断地伸缩颤动，于是，五个福娃仿佛有了生命般，在她的指尖上一展舞姿。就在大家看着她手上的舞蹈时，她又将左手举了起来，这次是五个可爱的小女孩，眉眼顾盼，笑意盈盈，她们也跳起舞来。就这样，双手十指或聚或散，有了整齐的舞步，也有了组合造型，而且和台上的十个少女竟有着一种默契的配合。

有更多的目光在欣赏小鸥指尖上舞动着的精灵，惊讶、羡慕和感动写满了每一张不同的脸。身旁的爸爸妈妈忽然明白，昨天夜里，小鸥就在是做这些纸偶，并进行了排练。现在他们终于相信，女儿的确是来参加演出的。他们的脸上微笑着，眼中有着莹莹的泪光。女儿做梦都想着能登台跳舞，虽然失去了机会，可她用这样一种方式，展示了自己舞动的心。

一曲终了，全场响起了热烈的掌声，台上的小姑娘们都鞠躬致谢，连小鸥指尖上的那群小精灵也在鞠躬致谢。掌声那么持久，更多的是给连小鸥的。然后，台上的小姑娘们纷纷跳下台来，围在小鸥的身旁与她合影。连小鸥幸福地笑着，把指尖上的精灵们拿下来，每人送了一个，她们把那些小家伙套在指尖上，舞动的都是洋溢的幸福。

离开的时候，人们都没有急着涌向出口，他们站在座位前，自动地让出一条路，让连小鸥一家三口通过。所过之处，再次响起了掌声。爸爸妈妈推着轮椅从人群中走过，轮椅上的连小鸥一直没有停止微笑。这一刻，她的梦想成了真，她不但演出了一场舞蹈，还赢得了观众的喜爱。

回家的路上，小鸥对爸爸妈妈说："看，我说是去演出吧，这回相信了吧！我指尖上的舞跳得好吗？"

爸爸妈妈都用力点头。是的，因为小鸥一直都拥有一颗乐观而充满希望的心，所以才能在指尖之上绽放出那么美丽而动人的舞蹈！

风轻之身，云淡之心

　　在司机的帮助下，叶露露费力地从一堆煤里爬出来，寒风卷着雪花扑面而来，她只觉全身都冷透了，腿上更是没有知觉。抬眼望了望，大三轮车歪倒在一边，自己一身漆黑，在皑皑的雪地里分外显眼。她禁不住笑起来，一边笑一边安慰司机："没事没事，没摔坏，你好心带我，路滑，怨不得你。快，你拿我手机帮我拍张照片！"

　　我第一时间收到这张照片，看着就像非洲黑人一般的叶露露，大怒，立刻给其致电："死到哪里去了？你妈四处找你呢！是不是又受伤了？"她一如既往地笑："没受伤，好着呢，我照片怎么样？你一辈子都拍不出这种效果的照片吧？"

　　记得有一次，叶露露不告而别，电话也关了机。姑姑急得够呛，差点报了警，在报警之前，怀着最后一线希望拨她手机，竟然接通了，她竟是自己跑去省城了！姑姑不放心，我只好请了两天假，去省城将她捉拿回来。回来我就训她："快20岁的人了，怎么还像孩子一样？你妈多着急你知道吗？就不能正常一点？"可能是我最后一句话刺痛了她，她含着眼泪边点头边说下次一定不敢了。

谁知从那次以后，叶露露竟似上了瘾，隔上一段时间便偷跑出去，并且学乖了，不敢将电话关机，还可随时联系上她。即使这样，她也受过几次伤。批评她不务正业，她反而振振有词："我本来也没什么正业啊！要不你给我找份工作吧，省得我还辛苦地卖字为生！"狠狠瞪她一眼，我说："我可没那本事，你卖字都比我挣得多。再说，给你找了工作，你会去干吗？"她却突然生气了："当然不会去干，也不能去干，你不是说我不正常吗？"这个丫头就是跟我厉害，在她妈妈面前就乖得像绵羊一样，怎么说怎么是。

　　这次一接到叶露露给我发来的照片，我就知道她又遇上麻烦了。真是命苦，寒冬腊月，还得去接她。幸好走得还不算远，开车一个多小时，就到了她变成非洲人的地点。老远就见她披着一件黑乎乎粘满煤灰的军大衣，坐在一堆燃着的树枝旁，像个难民一样。我刚一下车，那个开三轮车的司机赶紧过来说："我看她自己在路上，这么大的雪，就想带她一段，可是我这车前面坐不了人，就只好让她坐后面煤堆里，谁知……"我忙向他道谢，说："没事，是我们该谢谢你，耽误你这么长时间，真是不好意思！"然后我横了一眼在那儿小心翼翼看着我的叶露露，她立刻露出乖乖的神情。

　　在车上，这小家伙一缓过神，又来了精神，滔滔不绝地给我讲这次出来看到的事，我一声断喝，她立刻住了嘴。我问："你这次出来几天了？"她委屈地说："刚出来，想在路上搭个车，谁知搭了这么个倒霉车！我妈可能还不知道呢，你可别告诉她啊！"我心里暗笑，这丫头片子，终于让我抓着把柄了，于是故意板脸说："那你得告诉我，你想去哪儿？是不是去见网友什么的？"她立刻急了："我哪次出去也不是见网友啊！我这次只是想去那边的山里看看瀑布！再说，我这个样子，有哪个网友会见我！"

　　其实一直以来，我心里还是挺佩服这个表妹的。她远比一般的孩子独立，也比那些孩子坚强。我看着她从小长到大，觉得她

梦想是身体的一部分

023

第一辑

很是与众不同，思想也挺怪异，想什么就做什么，就像这么多次自己往外跑一样。对别人家的孩子来说，这是根本不敢去做的事，可她就做了。而对于她来说，做到这些更为艰难，因为姑姑一家人把她看得很紧。只是露露却曾对我说："我就是愿意像风一样自由奔走，虽然我走得慢，可是却会一直去走！"她一直以来会受到别人的许多非议，或者承受许多人各种各样的目光，却是从不曾掩去她脸上的笑意，也没有让心在别人的看法中沉沦蒙尘。

忽觉不对，便严厉地对叶露露说："竟敢对我撒谎，大冬天的，还说看瀑布？我告诉你，你死定了！"她狡黠地笑："我哪有骗过你的时候？不信你去看，就在前面不远处！"明知她耍花招，可还是开车去了她所指之地，竟真的看到了瀑布，不过不是水，是雪。那雪积在悬崖顶上，积得很高，大风袭来，便轰然而下，像极了瀑步，却是更震撼人心。

回到姑姑家楼前，我下车，看了看车上已经摔坏了的轮椅，便背起叶露露上楼。她伏在我背上说："哥，又麻烦你背了我一次！"我笑骂："死丫头，我都背你多少次了？才知道说客气话。放心，我不会告诉你妈妈的！"她的身体很轻，不知道是不是丧失了两腿上的力量的原因，我更愿意相信是因为她的心里清明，不惹尘埃，所以才会身轻若风。

我离开时，叶露露拥抱了我一下，小声在我耳边说："哥，下次你带我出去，就不怕再把轮椅摔了！也不怕妈妈骂了！"那一刻，忽然涌起感动，看着高位截瘫的表妹，心慢慢地濡湿了。

心中的蝴蝶不停飞

　　他还小的时候，未上学之前，不知从何时开始，开始变得不那么活泼了，整天拿着笔在纸上画画。父母很高兴，觉得孩子有天赋，便买来了一些儿童简笔画的册子给他，从此，他更是天天画画。只是父母只顾沉浸在兴奋之中，却全然没有发现孩子日益沉默寡言，甚至很少去室外活动。待得发现时，儿子已经患上了自闭症。

　　虽然他上了学，可依然是自闭，有时老师让他回答问题，他都是站起来无言以对。就算说出结果，也是语速很慢，而且发音模糊，所以同学们都嘲笑，他便从此不在课堂上发言。父母给他找了许多心理专家治疗，都没有明显效果。他每天放学后除了写作业，就是在纸上涂鸦，连电视也不看。他的学习成绩保持在中游水平，唯一辉煌的一次就是在学校举办的绘画比赛中他得了第一名，却说什么也不肯上台去领奖。

　　即使在家里，他也极少和父母说话，父母看他的语言能力甚至不如刚刚学会说话的小孩，焦急无比，千方百计逗引他说话，他却依然我行我素。所幸的是，他并没有什么消极的想法，除了画画，他也喜欢看书，看各种故事书，尤其喜欢看历史人物类的书籍。有一阵子他还迷上各种动植物的图册，所以他的画本上便出现了许多鸟兽鱼虫，后来，出现渐多的就是蝴蝶，各种各样千姿百态，都是栩栩如生。而父母看了，喜悦却冲不淡心中的担忧和心疼，他们不

梦想是身体的一部分

第一辑

知道儿子还会不会像蝴蝶一样，在蓝天下欢快地飞舞。

上初中的时候，他的情况似乎有了很大的好转，至少能在课堂上回答老师的问题了，虽然仍语速缓慢，可吐字已经很清晰了。依旧不愿与人交往，不过别人都以为他是一个极内向且轻声慢语的人，这就让他少承受了许多的异样目光。在家里虽然话不多，但有时也能和父母简单交流一下，这让父母看到了希望。于是欣慰之余，便将儿子平时画的那些习作，挑选之后投稿给相关报刊，不想竟真被采用了许多。而他看见自己的画作发表，长年没有表情的脸上也有了兴奋之色。此时的他已经对国画产生了浓厚的兴趣，无论工笔还是写意，都入门极快，很有感觉。他画的最多的依然是蝴蝶。

高二的那一年，他的一幅长卷《百蝶图》在全省青少年国画大赛中获了一等奖，而且有前辈评论说，他画的蝶颇有唐代李元婴之风。他对李元婴极为了解，对于这位一再被贬的滕王的传记，看过多遍，滕派蝶画流名百世，对他影响很大。有一天晚上，父母听见儿子房中有声音，便悄悄过去在门外一看，只见儿子正拿着一张纸站在镜子前，练习着说话，而且不停地对镜调整各种面部表情。父母诧异不已。第二天儿子上学后，他们去儿子房间，果然看到了那张纸，原来那是儿子写的一篇获奖感言。逐字逐句看去，父母的眼睛都湿了。

在父母的陪同下，他去省城领奖。站在台上，他面对着下面那么多的人竟是侃侃而谈，他的第一句话就是："我从六岁开始就患了自闭症，除了画画，甚至后来连话都不会说……"他讲得声情并茂，极大地感染了所有人，掌声响个不停。而父母，在台下的人群中也都流下了眼泪。

在场的所有人，都会记住他的演讲，特别是最后一段，他说："从书里我看到了蝴蝶的一生变化，所以我很喜欢画蝶，我的心里有许多只美丽的蝴蝶在不停地飞。我觉得自己的自闭，就像蛹吐丝成茧，只是为了让我在那种层层的围困中不停地挣扎，才能破茧成蝶，飞向更高远的天空！"

开在手上的花

　　14岁的意儿又一次问我，最喜欢她什么？我说喜欢她的手，她便笑，说许多人喜欢她的手。

　　意儿的手指很纤长，而且灵巧无比，能做出各种复杂的动作。有时，她会在阳光下，手上动作不停地变换，于是地上影子便灵动起来，许多小动物的形象就似活了过来。不过，她却没有去学钢琴什么的，总有人会说，真是可惜了这样一双手。她却丝毫不在意，说不喜欢，也学不了，还说她的手有更重要的作用。

　　意儿对自己的手是极爱护的，甚至超过了身体的其他部位。有一次在学校里上体育课，跑步，由于跑得过急，她一下子摔在地上。本来，她可以在倒下的瞬间用手支撑一下地面，可她却把两手背在后面，导致把脸蹭破了一小块儿。别人问她，她笑着："毁了容也不能伤了手！"

　　夏天的时候，有外国友人来学校参观，正巧来到了意儿所在的班级，校里领导和老师都陪同着。一个外国人一眼看到了意儿，便想让意儿回答几个问题。老师忙上前，想说明一下情况。意儿却已经站了起来，两只手在胸前舞动如花。看着意儿熟练的手语，那个外国友人竟也同样做起了手语。然后，他对大家说："这是我来这里，见到的最出色的孩子，她的手语很棒，就像手在跳舞！"

　　作为一个聋哑孩子，意儿的手就是她的嘴，就是她的声音。

初识她的时候，我就觉得她的手语打得美极了，就像美丽的花儿在风中不断变换着身姿。这样的一双手，当然要好好保护。她说："要是我的手出了什么问题那可惨了，我和爸爸妈妈都没法交流了，多可怜！"

每逢周末，意儿都会去福利院，去找一位老奶奶。那个老奶奶也是聋哑人，几乎没人和她交流，她也没有亲人，每一天都很寂寞孤独。自从有了意儿和她交流，她就像变了个人，每个周末也成了她期盼着的节日。不管雨雪，意儿都坚持在周末去老人那里，陪老人一天，然后在老人的笑容里走上回家的路。

我对意儿说："你的手语是我见过最美的，就像开在手上的花儿一样！"

意儿却用手语说："我的手语虽然美，但不是最美的，我老师的手语才是最美的！"

意儿刚上学的时候，很是艰难。虽然父母也教她认识了不少字，可是她毕竟听不见老师讲课。每日里只是怔怔地坐在那里，看老师在黑板前不停地讲着，于她却是无声的世界。后来有一天，放学后，老师把她叫到办公室，竟然用手语把全天的课程又讲了一遍。那一刻，意儿哭了。原来，这许多日子，老师都在学习手语。那以后每天下课后和午间休息时，还有下午放学后，老师都要单独地给她讲课。

意儿说："有一次，我生病，本来请了一天假。后来感觉好些，便去上学。没进教室门，我便透过窗户看见老师正站在讲台上，教同学们一些简单的手语！我知道，她是想让同学们和我交流得多些……"

一个春天的午后，我和意儿站在郊外的草地上，看着花红柳绿，风清云淡，她便面对着广阔的天地，做了一个"我爱你"的手语。她热爱这片天地，热爱生活，她的手语使所有的春花都更加美丽。

看着这个小小的女孩，心里仿佛被清泉浸润，濡湿无比。是的，我也爱这个世界，爱生活。

窗帘后太阳的笑脸

　　一个夏天的夜里，14 岁的林小娅写着自己的日记，其实也不算什么日记了，只是一种对明天的安排，比如：明天要是晴天，要是出太阳，我的病就能好；明天中午继续在窗前数过去的车，如果十分钟内过去的是双数，我的病就能好；明天傍晚那两只麻雀要是还飞过我窗前，我的病就能好……

　　林小娅一年前患了一种奇怪的病，一走路一活动就头晕，而且四肢无力，去了许多的大医院，也无法确诊，只是在家静养。休学一年了，每天守着那一方小小的空间，对于一个 14 岁的少女，就像被囚进了笼中的鸟儿。每一天都期盼着自己的病快些好，每一天都希望着奇迹的出现。她甚至迷信于一些事物，比如闲着无事摆扑克牌，摆开了就觉得病会好，比如随便挑一道题做，做出了就觉得病会好。还有，就是她日记中写下的种种。

　　这天中午，又到了林小娅数汽车的时间，接连好多天了，都是数的单数，这让她很是黯然。十分钟的时间，窗外单行道上过了那么多车，怎么就不多过一辆或少过一辆呢，看来自己的病不会好了，如果今天还是单数的话。她看了看表，开始计时，却没发现父亲也站在旁边屋的窗前，与她同时数。

　　林小娅眼睛紧盯着外面，一辆一辆地数着，由于是单行道，只是开向一个方向，数起来也方便。她不停地念着："31、32……

43……"同时，心里也暗暗地祈祷。眼看还有半分钟，已经数到了94，便好一会儿没有车过来，她的心已经提到了嗓子眼儿，千万别再过来车了，可最后的十秒却仿佛一个小时那么长。终于，十分钟到了，再没有车来，她长出一口气，很是高兴。

傍晚又到了，吃过晚饭，林小娅坐在窗前，开始望向空荡荡的天空。那两只麻雀，有许久许久不曾飞过了，或者它们当初只是偶尔路过，可是却成了她心里对一种希望的企盼。有时会想，麻雀那么多，应该会飞过窗前，可天空又那么大，不飞过也是很正常。就这样心思不定，目光渐渐黯淡。忽然，传来轻轻的突的一声，她神情一振，果然，两只麻雀从下面飞起，掠过窗户，直飞上天空。那一刻，心间充盈着巨大的欣喜。

晚上睡前，林小娅在日记中高兴地写道："这三个条件竟然有两个都实现了，如果明天早晨，拉开窗帘，有阳光洒落，那么，我的病一定会好了！"她从不上网查看天气预报，她只是任凭自己的心中保持着希望。

一夜无梦。第二天早晨，林小娅一睁开眼睛，看见窗帘外暗暗一片，心里便是猛地一沉。不过，她还是慢慢地拉开窗帘，果然阴着天，忽然，一个东西闯进她的眼睛。那是一个太阳状的金黄气球，正飘荡在窗外，细看，上面还写着一句："心里有太阳，天天是晴天！"她打开窗子，向下看，只见父亲正站在楼下，手里拿着气球的长线。

站在那里，林小娅的心忽然充满了感动。她知道昨天中午，在那条单行道的起点，她的母亲就站在路中间，手里的电话还接通着小娅的父亲，是她在最后的时刻拦住了那些车十秒钟。她也知道，昨天的黄昏，父亲把费尽心思捉来的两只麻雀，在楼下，在她的窗底，悄悄地放飞。

那以后，林小娅再也没有把希望寄托在那些事件上，心里的窗帘拉开，阳光飞舞，希望生生不息。而给予她那些温暖和力量的就是父亲和母亲。

我可以为你弹钢琴

　　一直以来，在网上认识的朋友不是很多。却有那么几个，给我印象极深刻。有一个小女孩，刚上高中，由于考试的阅读题中选了我的文章，便加了我为好友。她常和我探讨一些作文和阅读方面的问题，本来我打字速度很快，一般人还跟不上我的聊天速度，没想到她竟能轻松和我说话，不用我等太长的时间。

　　这个孩子叫骆婷然，有时候我会问她，高中学习那么紧张，怎么总有时间上网？她告诉我，她没有住校，是校长特批的，在家里写完作业就上网看看，她还说功课没什么难的，不用那么费力去抠。这个孩子，确实有些特别。有一次，她给我讲学校开运动会的事，班上的女生基本没报什么项目，她却报了好几项，都是跑步类的。虽然没取得名次，却是很高兴，她认为自己做到了别人不能做到的。而且，在比赛中，她还跌倒了一次。她兴奋地说："我跑的时候，大家全都鼓掌给我加油。我摔倒了，许多人跑过来搀扶我，他们对我都很好！"

　　有一个晚上，婷然呼叫我，很着急，以为她有什么事，不想她却问："老师，刚看了你写的一个故事，和拥抱有关的，就是那个画国画叫邓晓沫的女孩子，是不是真的呀？"我告诉她当然是真的，她似乎很是释然地说："我觉得也是真实的，这么美好的故事，要是编出来的，你在我心里的形象就全毁了！"我愕然，没敢去问我在她心中是怎样的形象。她很欢快地说："为了你没让我失望，我奖励你，让你看看我的样子！"于是开了视频，只看到婷然微笑着的脸，很可爱的一个孩子，眼睛大大的，只是脸很瘦。我听得见她噼啪的打字声，竟是快得不可思议。

我们在相邻的城市，婷然常说："等放假了，我去看您！"我说："算了，你家里人还能放心让你出来？再说，你出门也不方便，学习还那么紧张！"她很是骄傲地说："我可是自己去过不少地方的，最远到了省城呢！"还是一个很好强且独立的孩子，认识这么久，还真没见她有过愁苦郁闷的时候。有一次我实在忍不住问她："你打字这么快，是怎么练的？"她有些得意地说："只要付出比别人多，就可以练出来呀，你以为只有你能打那么快、我就得拿拼音去抠啊？"我问："那你还练过什么？"她那边似乎沉默了一会儿，竟打了电话过来，声音很轻很俏皮："我练过的东西多着呢！比别的同学练得都多。不过，我从没给别人展示过的，是弹钢琴！要是能见到你，我一定会给你弹首曲子！"

却真的有了见面的机会。那一次恰好去婷然所在的城市办事，之前她就打电话给我，让我到了一定要联系她。于是去学校找她，她见了我很是惊喜的样子，她的个子比我想象中要高一些。她立刻和老师请了假，带我去她家。她父母都在，很和善的一对夫妇，提起女儿，眼中有说不出的骄傲。闲聊了一会儿，婷然说："老师，我答应过要给你弹琴听的！"她快速地蹬掉鞋袜，坐在钢琴旁高高的椅子上，很快，美妙的音乐便流淌出来，直流入我感动的心里。

无论是钢琴前的椅子，还是电脑前的椅子，都比正常椅子稍高一些，在前面的扶手上，横架着一根圆木棍，婷然的腿就搭在木棍上。她用自己双脚的十根脚趾，完成着别人无法想象的一切。看着她弹琴的样子，我的眼睛有些湿润，在这个失去双臂的小女孩身上蕴含着一种让人心里暖暖的力量。如清泉悄悄浸润，让生命中满是春暖花开。

我相信我能飞翔

　　当那个新转来的同学和老师走进我们的教室，我们一下子惊呆了，那么瘦弱的一个女孩，却挂了两根很大的拐杖！她的双腿严重变形，老师介绍说她叫林馨儿，我们的新同学。可是没有想到，她竟然和我成了同桌。

　　我发现林馨儿是一个极沉默的女生，能看出她有些自卑，但是却很要强，也很努力。在我们这样的普通中学里，像我们这样的年龄，很少有人能整日埋头学习，一到下课，我们便疯跑到操场上，只有林馨儿自己留在教室里看书。她从不主动和别人说话，有时别人偶尔和她说上几句，她也是淡淡的，时间久了，大家便都不在意她的存在了。

　　即使我是她的同桌，我们的交流也极少。更多的时候，她是不停地演算习题或者背英语。她有时也会放下书本休息一下，便拿出一个速写本，用铅笔在上面飞快地勾勒着。我偷偷看了几次，她每次都是在画鸟，各种姿态飞行的鸟，只是简单的几笔，一只鸟便在她的笔下飞出了。

　　有一次上英语听力课，在语音教室，我们每人一个单独的间隔，彼此谁也看不见谁。课上到一半的时候，老师说下面换个方式，让大家唱会唱的英文歌，谁都可以唱，不用事先打招呼。可是谁也没有开口，大家都在等着别人先唱。就这样沉默了一会儿，忽然一个女生的优美歌声响起，通过耳麦清晰地传到每个人的耳中："I believe I can fly, I believe I can touch the sky, I think about it every night and day, Spread my wings and fly away……"我们都没有听过这首歌，可是却被这旋律和歌词所打动。直到歌声停止好久，我们才想起来鼓掌。英语老师说，这首歌叫 *I believe I can fly*，就是《我相信我能飞翔》。那一瞬间，我想到林馨儿画的那些鸟，有一种直觉这首歌就是她唱的。下课后，大家纷纷互相询问是谁唱的，没有人承认，只是没人去问林馨儿。

期中考试，林馨儿竟考了班上的第一名，这让大家极为震惊，特别是英语，成绩居然是满分！这让大家重新意识到她的存在，也许是她的成绩让她有了自信，她的脸上慢慢地有了笑容，也能与同学们简单地交流几句。后来学校要举办一次演讲比赛，主题是"我的理想"。每班有两个参赛名额，于是班主任决定先在班级内选拔一下，参加者有十多个，林馨儿也在其中，我发现她现在越来越有勇气了。果然，林馨儿获得了一个参赛名额。

比赛的那天下午，全校师生都坐在大礼堂中。林馨儿是最后一个登场的，前面的那些同学的演讲都是充满激情，这让我们很是为她担心。她演讲的题目是《我相信我能飞翔》，她第一次讲到了自己的不幸，讲到了她的挣扎，讲到了她的努力，讲到了她的梦想，全场一片寂静，只有她的声音在回荡着。当她演讲结束，我发现许多人的眼睛都湿了。那一次比赛，她不出意料地夺冠。

颁奖的时候，我看见她在灯光闪烁的台上，因为激动而泪光莹莹的样子，我知道她的梦想终于起飞了。

幸运的生活

在教室里，一个学生说："我很快乐，能听见世界上那么多美丽的声音！"

另一个学生用手语比画着说："能看见这么多真诚的笑脸，我很高兴！"

还有一个学生说："能活在这个世界上，能有这么多的朋友，对我来说就是最大的意义！"

这是我在一所特殊学校采访时听见的片段，当时他们正在召开一个班会，主题是"幸运的生活"。有阳光从窗外照进来，每一张脸上都有一种神圣的光晕。发言的三个学生依次是失明、聋哑和小儿麻痹症，他们说话时有一个共同点，就是脸上挂着感动的笑容。当时我的心里暖暖的，有一种要落泪的冲动。在这一群残疾孩子的心中，生活是那样简单而美好，一句真诚的话、一个温暖的微笑都可以成为他们热爱生活的理由。而整日为生活奔波的我们，却又常常嗟叹生活的不幸，是那些孩子的理想过于简单，还是我们的心偏离了正常的轨道？

我在黑板上写下一个问题："你觉得最幸福的事是什么？"

一个聋哑学生站起来，用手语比画了一阵，老师翻译说："他说的是，如果能让他听见世界上各种声音，能让他亲口对父母说出自己的爱，那就是他生命中最幸福的事！"

一个盲人小姑娘说："我希望能看见这世界上一切的东西，哪怕那些在别人眼中是丑陋的，我也会欣喜和高兴。可我从出生就什么也看不见，一切都要靠手去感知，在心里去想象。对于我来说，能让我看见这个世界，哪怕只有一分钟，也是最幸福的事！"

那些孩子纷纷说着自己想象中的幸福，那是他们对自己无法触及的生活的一种渴望。而我手中的笔却早已写不下去，这些孩子的幸福，对于我来说，都是如此地轻而易得，可我却从未把这些当成一种幸福。只知道时光流逝，而幸福的时刻是那样短暂。在那些残疾儿童简单的幸福之前，忽然惭愧得抬不起头来。

那些孩子回答完问题，在一起热烈地讨论起来，最后，他们的班长站起来说："那些想象中的幸福，我们永远也实现不了，而我们觉得，作为残疾儿童，我们能坐在这个教室里学习，这就是我们大家最幸福的事了！"

心于感动中慢慢濡湿，他们不但能想象未知，更能珍惜现在。眼前当下的生活，就是幸福的全部，即使有一天逝去，只要用心活在每一个今天，幸福就会不离不弃。

想起一个故事。一个人在一次事故中失去了一条腿，有一天他听说某地有一处灵泉，能神奇地治愈许多怪病，于是他也加入了朝圣的队伍。人们笑问他："你想让神泉再帮你长出一条腿来吗？"他回答说："不，我只想让神泉告诉我，在失去了一条腿后，我该怎样继续去生活！"

在这个失去一条腿的人眼中，活着就是一种幸运，也正是因为如此，他才有勇气去开始新的生活。当我们感觉到活着就是一种幸运，就会对生活产生感恩之心，就会对生活充满了谢意，从而去更好地生活。有一句话说得极好："生即幸运，活即机遇。"只要我们的心不被尘封，不在追名逐利中迷失方向，生活的阳光终会穿透重重雾霭照在你微笑的脸上。

做一条最好的腿

　　有一个不幸的女人，她年轻时在父母的安排下嫁了一个无行浪子，丈夫无所事事，把一家的重担全抛给了她。她在火柴厂做搬运工，每天累死累活，回家还要做饭。孩子刚一岁的时候，她由于在往车上装火柴时不小心，被向后退的车轧断了一条腿。从此她只剩下了一条腿，成了一个残疾人。然而祸不单行，薄情的丈夫抛弃了她们娘俩，她拖着残缺之躯回到了家乡的山区。

　　家乡是一个很闭塞的地方，她什么亲人都没有了，只有母子二人艰难度日。孩子渐大，对母亲的一条腿并不奇怪，他以为所有的母亲都是一条腿。孩子上学后，在一次家长会上他才发现别人的父母都是两条腿，而他却只有一条腿的母亲。回去后他闷闷不乐地问母亲："为什么别人的母亲都有两条腿呢？"母亲意味深长地对他说："孩子，妈也有两条腿，妈的另一条腿就是你啊！只有你这条腿好，妈才能走得稳走得远啊！"刚上小学一年级的他似懂非懂地点了点头，但他心里可以肯定的一点是：只有他好，母亲才会好！

　　从那以后，他开始努力，什么事都要做到最好。因为只有他出色，母亲才会露出笑容。十年后，他成了那座大山里第一个考出去的大学生。在大学里，别人都交朋结友吃喝玩乐，他却依然像从前一样努力着，因为他心里知道，母亲希望她的这条腿能走得更远。大学毕业后，他放弃了学校给分配的工作，毅然去了南方，开始了闯天下的艰辛道路。五年后，他已成为南方一家电视台的著名主持人，而且他的大量美文发表在各大报刊上，从他的文章中可以看出他对母亲的一片深情。

我曾在一次电视采访节目中见过他的母亲，很平凡的一个老人，可是她看着儿子的目光却充满了骄傲与自豪。那一刻，我忽然对自己曾经埋怨过母亲而深深自责。母亲把她的所有希望都寄托在孩子身上，可是有几个孩子能像他那样甘愿做好母亲的一条腿？在我们的背上驮着母亲的一片殷殷希望啊！愿天下所有的孩子都能去做母亲的一条腿，把她的梦想带到最远的地方。那时就算生活再贫困，母亲的脸上也会绽放最幸福的笑容。一定会有那样的一天，我相信！

2

第二辑

月缺辉满，花残实成

残缺的身体就像一个芬芳流淌的出口，满溢着心灵的馨香。身有残疾的人，是被上苍眷顾的人，他们心里生长着的美好更丰盈。那份执着，那份努力，如星光闪烁，不仅温暖自己，更能烛照他人。

伤花怒放

　　她本来应该有着很好的前程，人长得漂亮，读的也是重点大学。可就在大学刚刚毕业不久，一场灾难就袭击了她。那时她正兴冲冲地奔走于大都市的各大公司之间，满腹激情地寻找着自己的位置。可是一场车祸，让梦想在现实中跌得支离破碎。

　　从此，她的左臂成了摆设，就像安装在身体上的一截无知无觉的木头。可是她并没有绝望到对生活失去信心，她相信在这个世界上总会有一个属于自己的位置。那些日子，她拿着简历四处应聘，尽管各方面表现得都很优秀，可人家一看到她的左臂，便委婉地拒绝了她。她不得不降低门槛，可是这更艰难，因为她基本上做不了什么体力工作。

　　事情出现转机是在第二年的夏天，那时她已回到家乡的城市，有一次在街上闲转，便发现了一个鲜花培育基地的招聘广告。由于她还算机灵，加上老板对她的同情，她终于成了培育基地的一个护理员。她整日跟着一个大婶游走于暖棚花窖之中，护理那些花花草草。她虽然心里并不情愿，虽然自怨自艾，可对待工作还是很认真，毕竟得到一份工作对于她来说并不是一件容易的事。起初她以为这工作应该没什么技术难度，也就是浇浇水松松土喷喷药什么的，可慢慢她发现这里面也有很深的学问。那个大婶常给她讲什么样的花一天要浇几遍水，生虫子的花草最初是什么症状，不同的虫害要用什么样的药，等等。她一边学一边在心里慨叹，想不到自己一个重点大学的毕业生，如今竟沦落成了一个花奴。这不是她想要的生活，不是。

闲暇的时候，她常常坐在那里发呆，真不知道以后的生活会是什么样子，本来阳光明媚的世界只因为一条胳膊便黯淡下来。那个大婶见她不开心，便常絮絮叨叨地给她讲一些家长里短的事，她知道大婶的好心，便勉强地笑。

快到秋天的时候，她们忙碌起来，因为又到了一大批花要开放的季节。大婶拿着一把大剪刀，穿梭于花草之间，把那些结蕾枝上的叶子都剪去了大半。她在一旁看得直心疼，心想这样受伤的花儿还能美丽地绽放吗？大婶似乎看出了她的困惑，边干活边对她说："剪掉些叶子没事儿的，这些花反而能开得更快更艳。这和树木的剪枝道理是一样的，普通的树剪了枝可以长得更高，果树剪了枝结出的果子更大更甜！"

那一刻她心有所动，怔怔地看着落在地上的叶片出神。不久后，那些花儿都已开始绽放，果然是鲜艳无比。站在花丛之中，凝神于那些姹紫嫣红，想到它们曾受过的伤，她忽然觉得心里也有一朵花"嘭"地绽放开来。那一刻，她感受到了一种温暖的力量。

受伤的花儿可以开得更艳，受伤的人同样可以激发出更强的潜力，只要心里希望的花儿不曾凋落，就一定会在伤痛中绽放出最美丽最辉煌的人生！

心的下面，脚的上面

　　我曾经的邻居，是一个 30 多岁的青年，没有成家，和母亲生活在一起。他没有工作，每天都拿着一把锋利的小刀做他的根雕。母亲的退休金根本无法维持正常的生活，便天天去捡破烂，稍有空闲，便扛上一把镐去城外刨树根，回来给儿子用。人们对她很不理解，30 多岁的男人，你养着他也就罢了，为什么还要费力地帮他不务正业呢？

　　久而久之，院子里堆满了母亲刨回来的树根，而他的根雕也渐渐地成型了。那时我常去他家，看着他吃力地雕刻着树根，在他的手上，伤痕纵横交错，记录着他为此付出的努力。我了解他的压力与烦恼，在看惯了别人的白眼冷遇后，他只能足不出户地与这些树根为伴。生活上的艰难，心境上的艰难，使他的脸上过早地有了沧桑。

　　我曾问过他："有那么多的困难与挫折，你还是这样地平静，到底你是怎么去面对的呢？"

　　他淡淡一笑，说："不管多大的困难，多深的打击，我都把它们放在心的下面，脚的上面！"

　　我从胸口一直看到他的脚，问："为什么要放在那里？"

他说："再艰难的事，我都不会放在心上，而那些事我又只能承受，所以还要放在脚的上面！"

看着他的眼睛，我的心竟慢慢地濡湿了。是的，所有的艰难，他只能放在那里。后来，我离开了家乡的小城，去一个遥远的城市工作。走的时候，他依然在摆弄根雕，他的母亲依然在为了生活而奔波。

六年过去了，故乡的许多人事都已淡忘，包括那张满是风霜的脸。可是没想到，前几日在省电视台的一个专访节目中，我又见到了那张脸，依然是六年前的样子，不同的是那张脸上而今洋溢着自信的微笑。通过介绍，我才知道，他如今已经成名了，他的根雕艺术已得到了许多同行前辈的赞许，他的作品，被送到国外展览，有两件作品还被国家博物馆收藏。如今，他以一个艺术家的身份出现在电视荧屏上，再一次给了我震撼。

主持人忽然问他一个问题："你的艺术之路可谓艰辛无比，开始的时候也可能不为人所理解接受，面对这样那样的困难，你是怎样坚持下来的呢？"

他笑了笑，用手指了指自己的胸口，又指了指双脚，说："很简单，所有的困难我都放在心的下面，脚的上面。因为和那里相比，再大的困难也都是微不足道的了。而且，我不会让自己的心承受一些无谓的负荷！"

现场的观众掌声如潮。而在千里之外，在电视机前，看着高位截瘫坐着轮椅的他，我的眼泪终于落下来。

寸心风景

当美丽的刺绣已成为越来越远的回望，早些年间那些灵心秀手的大姑娘小媳妇在今天已经无迹可寻。所以第一次看见清然安静地坐在 6 月的阳光下飞针走线时，心底震撼的同时，也涌起了温暖的感动。

那个午后，我轻轻地抚摸着光滑绸缎上的花草树木，忽然就于无意间推开了一扇美好的大门。清然 19 岁，是邻家的女孩，她读完了高中，就告别了学生生涯，每日静静地坐在庭院里，像阳光下默默开着的花朵。她的生活是艰难而黑暗的，在她 12 岁那年，一场意外的医疗事故使她永远失去了世界的色彩，那些在生命中斑斓过的，都已变成记忆中的影子。那些日子，她的心中关起了两扇门，把阳光和色彩都摒弃于门外。当习惯了盲人的日子，清然艰难地读完了中学，身边的人都能从她身上看出努力与挣扎。

也不知有多少时日，清然坐在院子里，任微风将思绪吹得四散飞扬。萌生刺绣的想法，是在广播中听到了一个关于苏绣的节目，这让她怦然心动。虽然她知道这将会很艰难，可那么多艰难的日子都过来了，这些在她心里已经不算什么。在她的面前，各种颜色的线轴摆成一排，她记住了各种颜色的顺序，想用什么颜色的线，她用手摸着一数便能找到。练习的过程是痛苦的，她回忆着曾经看过的整个世界，然后慢慢地穿上线，绣一针摸一下，保持着心中的形象。不知有多少次，她的手被刺出血来，在她最初的那些作品中，还能看见点点斑斑的血迹。她就这样一针一针地把曾经世界的美丽绣出来，然后是想象中的万物，一针一针地绣进阳光，绣出一幅极美的人生画卷。

别人刺绣的时候，都有一幅画在纸上的样品，当我问她没有样品怎么绣，她轻笑了一下，说："都在我心里！"看着她一年中绣出的那许多作品，惊讶于她的世界的温暖与多姿！比之我们眼中的一切，多了一分灵动一分震撼。我问她："你的针下已经有了这么多美丽的东西，你还要一直绣下去？"她说："当然不会，当我把心里世界中的那些美丽绣完之后，我就会去做别的事。比如说，我准备写些东西！"我微笑着从那个小院中走出来，心却慢慢进入了一片温馨之中。

是的，清然的眼睛再也看不见天蓝草碧月白风清，可她的心却因此有了更多的灿烂。而那些幻化出如此美丽风景的除了回忆还有憧憬，还有对生活的热爱，而更多的，是那些温暖着她的火热的希望。眼中无光，心却愈加璀璨，在那方寸之间，原会生长出一片一片最美的风景。

清然正在把她心底的风景努力地描绘出来，就如一朵一朵鲜艳的花，慢慢地开放着，芬芳着她的人生之路。有这样的一颗心，有这样的一种希望，世界如何不处处美丽。

幸福像叶子一样

　　叶子是我家乡小镇的女孩，和我年龄相仿。12 岁以前，她是一个极漂亮的女孩，而且聪明伶俐，能歌善舞。可是，她的美丽永远停留在 12 岁，就在那一年，她的脊椎患病，病治好后，上半身便停止了成长。

　　她高中毕业便结束了学生生涯，此时她的身高只有一米四，而两条腿却笔直修长，是上半身的两倍多。从她的腿看，如果不患病，她应该能长到一米七吧。后来，她家搬进了县城，她也通过考试，并克服了种种困难，成了邮局的一名邮递员。

　　起初的日子，叶子的际遇充满了艰辛。那份艰难主要是来自心灵上的，当她把信件和报刊送到别人手上，迎来的总是讥讽的目光。记得第一天上班时，她骑着草绿色的自行车去给辖区内的用户送信件。敲开第一家的门，一个中年妇女一见她立刻惊叫了一声。是的，她那不成比例的身躯在别人眼里就是一个怪物。那一天，她是噙着泪水完成工作任务的。

　　后来，叶子领了一套最大号的制服，上衣穿在身上几乎到了膝盖，只露出小腿。这样在别人的眼里，她除了个子矮，并看不出别的什么。她不是为自己的缺陷难过，让她真正无法忍受的是那些白眼冷遇。

叶子就这样每日穿梭于这个小城的大街小巷，像一片随风飘转的叶子，不知终将落向何方。渐渐地，人们都已熟悉了她，她面对的不再是嘲笑的脸。有一天，她给一户人家送信，开门的是一个十几岁的小女孩，此时的叶子已不再穿大号制服，她已不需要掩饰。那小女孩一见她就惊叫了一声，叶子的心往下一沉。那小女孩紧盯着她的双腿说："姐姐，你的腿好漂亮啊！"那一瞬间，快乐与感动像炸弹般在身体里扩散开来，在莹莹的泪光中，她轻声对小女孩说着谢谢。

那以后，叶子每天都快快乐乐地往返于街街巷巷，生活再没有了阴暗与沉闷。那一年，她被评为县城里最受欢迎的人，理由是她不仅给人们送去了希望的信件，还送去了真心的微笑与简单的快乐。站在颁奖台上，叶子的心里漾满了幸福，她觉得自己这一片极平凡的叶子，终于在生活中找到了落点。

再后来，叶子成了家，丈夫是一个极普通的工人，他们极恩爱，把流年中无数个平淡的日子过得有滋有味。

去年，我们搞了一次高中的同学聚会，当年小镇上的所有同学都参加了。那些同学，经过多年的拼搏，都有了各自的辉煌，只有叶子，那笑容还一如当年般纯净。那一天她仍穿着那身深绿色的制服，坐在衣着鲜明的同学中间，像极了一片平凡的绿叶。在她清澈的笑容之中，我们忽然觉得在这里，唯有她才是最幸福的。我们每日奔波劳碌，争名夺利，早就没有了幸福的感觉，虽知得不偿失却已是欲罢不能。而叶子，虽然许多年来一直是风中雨里，却是与快乐与满足同行。她的幸福，平平凡凡，实实在在，却是如此打动着我们蒙尘的心。

就像叶子所说的，我就是一片普通的叶子，甚至是一片不完整的叶子，可是能一样接受阳光，而且伴着幸福开放的花儿，也同样是一种幸福。这样的幸福，也很好。

哭着哭着，天就蓝了

　　她从小就是一个爱哭的孩子。受了委屈，与哥哥姐姐争吵，得不到想要的，所有的事情几乎都能让她流泪。因此，家里人和身边的伙伴都不喜欢她，怕惹出她没完没了的眼泪。

　　在她成长的过程中，才渐渐地感到生活的艰难，这其中并非全是物质上的。作为一个黑人，虽然那时美国已经提倡种族平等，她的境遇还是很难熬的。似乎习惯了人们的白眼，也似乎在嘲笑与歧视中变得坚强起来。只是没人知道寂寞无人的夜里，她的泪水常常洇湿一枕噩梦。

　　生活在路易斯安那州西北部的什里夫波特小城，家在城里的黑人聚居地，那里是贫困落后暴力的源头。当时太多的黑人孩子没人管教，成群结队地报复着社会，而一些挣扎的有心人，则想着怎样冲出这里，赢得别人的尊重和承认。当时最便捷的一条途径就是从事体育运动，黑人身体素质好，往往能脱颖而出，走出自己的辉煌。她也想到了这条路，她也自信可以在体育方面出人头地。是的，她自小就跑得飞快，极少有伙伴能追上她，看着自己有力的双腿，希望之火立刻升腾起来。

　　历尽艰难，付出了很多的努力，她终于成为市里田径少年队的成员。入队的第一天，她握紧拳头对自己说："再也不哭了！我一定要真正地坚强起来！"可是，仅仅一个上午，她就被自己打败了！那天测试新队员们的水准，她们这些人分组赛跑，自始至终，她都没能赶上那个白人女孩的脚步，甚至那个女孩还回头冲她轻蔑地笑，虽然她豁出命去追，却仍是败下阵来。那一刻，唯一可以自豪的东西被现实撕得粉碎，她的泪倾洒在跑道上。她不敢去看任何人的脸，只是垂头饮泣。忽然，一头白发的教练走过来，拍了拍她的肩说："哭吧！这条路上，每个人都要付出泪水和汗水，哭过后，就去努力吧！"

看着一脸慈祥的老教练，心中忽然温暖无比，有泪水再度涌出来，却是滚烫的泪。教练50多岁，她曾是赛场上叱咤一时的风云人物。泪光莹莹中，她觉得疲惫的身体注满了力量。自那以后，她玩儿命训练，成了队里最刻苦的人，每当她咬紧牙关，不让泪水涌出眼眶，教练都会将她轻拥进怀里，在那种温暖中，她的泪如决堤的河，恣意奔流。每次哭过后，都觉得轻松无比。渐渐地，她成为队里最杰出的人，也被教练推荐参加了一些比赛，成绩都令人瞩目。看着别人眼中的钦羡与敬佩，她仿佛看到了这条路的美丽终点。是的，太多辉煌的前景就在不远处，仿佛触手可及。

一个清晨，她在训练场上一圈一圈地跑着，几乎每天都是如此，不管风霜雨雪，都掩不住那个奔跑的身影。那份执着，夜晚的最后一颗星星知道，清晨的第一缕霞光知道，还有，充满希望的心知道！快要结束的时候，她开始大力冲刺，忽然，那么一瞬间，她觉得自己的两腿离开了身体，她无法控制，又跑出几十米后才摔倒在那里。她骇然发现，两腿完全没有了知觉！那一刻，仿佛支撑着她天空的巨柱崩塌，她一下子晕了过去。

噩梦中醒来是现实中的噩梦。医生说，她患的是一种急性神经失控症，恢复好的话，可以拄着拐杖艰难行走，终其一生也不太可能再奔跑如飞了！她哭得天昏地暗死去活来，第一次觉得生活的无趣。尽管老教练的怀抱依然温暖，却再焐热不了她冷却了希望的心。就这样哭了好多的日子，她慢慢地平静下来，对满脸担忧的教练说："您可以答应我最后一个要求吗？带我去英国看比赛！"在这之前，她本来是要代表全美少年去英国参加一场少年组的田径赛事。教练点头，紧紧地拥住她此刻无助的身躯。

在船上，教练悉心地照顾着她的一切，并给她讲了许多鼓舞人心的故事。她只是默默地听，不哭亦不笑。直到有一天，教练讲起了海上的种种传说，她才开始动容。有一个传说中讲道，在茫茫的大洋中，有一种神奇的光轮，不一定在何时何地出现，据说那是神迹，据说看到它的人都能改变命运，不管身患绝症还是心丧若死，都能豁然而愈重拾斗志！听了这个传说，她的眼中放出热烈的光，问："教练，您说的是真的吗？真有那个神迹吗？"教练说："孩子，那只是传说，或许会有吧！"

自那以后，她便常让教练用轮椅推着她到甲板上，向无边的海洋深处眺望，期望遇见那轮神奇的光！有一个黄昏，她坐在甲板上，对着那一片海茫茫发呆，教练站在船舷边，扶着栏杆向下边的海面上看着。忽然，教练激动地大声喊："啊！我看到光亮了，孩子，快来！"

甲板上的人都向船边跑去，她也被教练急切的声音拉回现实，她的心里被希望之火燃烧得兴奋欲狂，她绝不能错过这个神迹！她一下子从轮椅上站起来，扑到船舷边，向下看去，夜色初临的海面上，只有船上探照灯的光芒一闪而过，根本不是那美丽而神奇的光花！巨大的失望如破船而入的海水，顷刻湮没了身心。教练却更是激动地喊："我的孩子，你会走了！你自己跑过来的！"

她一下子呆在那里，努力回想着刚才那短暂的过程，自己竟是真的跑过来了！她试着迈步，小心地落脚，竟真的可以慢慢地走路了！希望的灯光再度闪亮，它的美丽一如心中渴望着的光轮！她放声大哭，把所有曾经的绝望、伤心、落寞，统统释放出来。教练抱着她，轻声说："哭吧，孩子！用泪水洗过的天空，更蓝，更美丽！"

时隔半年，她又站起来了，又能回到熟悉的跑道上。医生说她创造了一个医学上的奇迹，究其原因，可能在那一瞬间，她心中唯一的希望强烈爆发，一种巨大的专注引发生命的潜能，从而使双腿的神经迅速恢复。她不再讨厌自己哭泣，教练说得对，用泪水濯洗过的世界，有一种别人体会不到的美。她也更加珍惜这第二次机会，很快在世界上声名鹊起。

多年以后，这个被誉为"黑色闪电"名叫伊芙林·阿什福德的黑人女子，站在奥运冠军的领奖台上，面对无数的鲜花笑脸与闪光灯，任泪水流淌。她说："我一直是个爱哭的人。我曾经的老师说过，泪水洗过的天空更蓝。现在我明白，其实，天空一直是蓝的，是我的眼睛蒙了尘，是我心中的希望黯淡。而眼泪可以将这一切洗亮，我会珍惜每一次的哭泣，因为泪水让我的生命一次更比一次美丽！"

花儿落，心儿飞

　　初夏的阳光暖暖地照在大地上，也照着那个女孩落寞的身影。眼前是一大片花丛，各种花儿绚烂着 5 月的初暖。女孩放下手中的水桶，坐在柔软的土地上，眼睛里色彩缤纷，心中却是黯淡无比。

　　这是美国阿拉斯加州最著名的一个花卉园，这里的花儿有几千种，花期错开，分片栽种，一年中的任何时日，都会有一大片的花海。这里有个奇怪的规定，那些美丽的花儿只供观赏用，绝不出售。这反而吸引了更多的游客，特别是初夏季节，开的花多，园中大部分都被花海湮没。

　　女孩完成了自己负责灌溉的那一片区域，便走向园子的西北角，那里有一片花正在凋落，游人都奔花儿盛放的地方，很少有人来到这里。女孩再度坐下，面对那些飞舞的花瓣。她轻轻哼着什么歌，韵律和那些片片的零落相契合。忽然，有人轻拍了一下她的肩膀："小弗兰尼，又来看这些落花了？"

　　止住歌声，回头，是园里的清扫员安琪大婶。小弗兰尼勉强地笑了一下："我帮你扫吧！"两个人干着活儿，大婶问："你刚才哼的歌儿很美，特别是其中有两句，花儿落，心儿碎，花期再至，我已远离。"听了大婶的话，小弗兰尼的心又回到曾经在舞台上纵情歌唱的时候。

那时才是十三四岁的年龄，小弗兰尼已经是全州最出名的少年舞蹈演员，就像一朵正在开放的花儿，芬芳四溢。她的舞姿曼妙多变，醉人眼目。而那一年，她在演出归来的途中遭遇车祸，从此，永远地失去了左臂，同时，也失去了所有快乐幸福的时光，她再也不能在舞台上光芒四射，她甚至改了自己的名字，悄悄地隐藏起来，那些昨日的光环都已成为刺痛心灵的伤。

17 岁来到这个花卉园，虽然只有一只右臂，却能将花儿浇灌得很好。她看着每一天的花谢花开，亦是心神若丧，特别是面对那一片片过了花期而纷纷坠落的残红，想到自己，失去了一只臂膀，就如谢落了一片花瓣，使得整个花朵都枯萎了。只是，那些花儿，明年还会再开，而自己，却永远再没有花期了。

前面一阵热闹，许多人围在那里。安琪大婶拉着小弗兰尼挤过去，是五个七八岁的小女孩在跳舞，音乐也动听，舞姿也动人。小弗兰尼看到那些孩子脸上洋溢着的幸福的笑容，心里一阵痛苦，曾经，她也是如此的神情。安琪大婶拉着她的手不让她离开，问旁边的人："几个小孩子跳舞，怎么这么多人围观？"有人回答她："这五个孩子可不简单呢！她们本来都是各地少儿合唱团的，有着同样的遭遇，就是都因为各种原因哑了，再也不能唱歌了。可她们却联络在一起，开始跳舞，现在一样很受欢迎！"

一番话，听得小弗兰尼怦然心动。和安琪大婶回到刚才那片落花的角落，不知何时这里居然也站满了游客。这是很少见的事，安琪大婶又是好奇地问，人们告诉她，不只是盛开的花有人欣赏，谢落的花也会有人衷情，甚至花都落干净了，也会有人来看那些叶子，毕竟花朵只是花的一部分而已。这些人的话，让安琪大婶听得不明所以，只是觉得这些人真是奇怪，而在小弗兰尼的心里，却引起了另一番震撼。

傍晚的时候，游人散尽，小弗兰尼独坐在那里，心里再也平静不下来，眼前总是闪过那五个跳舞的小女孩，还有那些游人观看落花的情景。忽然想到那些本来唱歌的孩子，不能唱了却去跳舞，舞台依然欢迎她们，自己不能跳舞了，是不是也可以去唱歌呢？当年，许多人也夸奖自己的歌声甜美。她跑去找安琪大婶，问："大婶，你说我的歌唱得好，是真的吗？"安琪大婶笑着说："当然了，比电视上那些孩子唱得好听多了！"

小弗兰尼心里一下子亮了起来，再次看那些片片的落花，竟也发现了一种美。过了几天，她悄悄地离开了花卉园，别人都在担心她，只有安琪大婶微笑着，她知道这个孩子终于知道自己要做什么了。

两年以后，小弗兰尼已经是声名鹊起的歌手，没人再去注意她断了的左臂。她在全美开巡回演唱会，家乡阿拉斯加州是第一站，她演唱会的地点选在花卉园，正值9月，大部分的花都谢了，而她，就是在那些凋零的花丛里为大家唱歌。安琪大婶在人群中听她唱歌，还是她曾经听过的曲调，却是全新的词句："花儿落，心儿飞，花期年年，美丽相随……"

安琪大婶无比地欣慰，她知道这个曾经黯然的孩子，她的心终于在飘舞的花瓣中飞了起来。

耳朵里的风景

　　小兴安岭的夏天是最美的季节，那些岭树山云清溪幽壑，处处点染眼睛。于是从外地来赏玩的人极多，一时间，山山岭岭都成胜地。

　　南山建有一公园，极深广，移步换景，浓荫匝地，亦是避暑佳地。一日闲极，便去登山临水。途中偶遇一人，神情与众不同。此先生 40 岁左右，旁有一妇人挽着他的胳膊，看样子是他夫人。让我注意的是，这位先生不像别人那样匆匆一顾，或照几张相后便又赶向下一景点，他在各处驻足时间较长，似是侧耳倾听，极专注，良久，才又慢步向前。

　　好奇之下，走到近前，才惊讶地发现此人竟是一位盲人。他并未戴墨镜，两只眼睛深陷紧闭，而神情却是无比的宁静。极少见过盲人游山逛景，心中涌起一种莫名的感动。而他的夫人，每至一处，也只是告诉他此处叫什么名字，并不多讲些所见。只是用耳朵听，除了山风浩荡，还会有些什么？

　　渐渐地与之攀谈，此人谈吐颇为不俗，于是一见如故，竟是席地而坐，面对着山谷中起伏的万木，听着松涛滚滚，各诉生平。他的夫人只是在一旁微笑倾听。他从少年时眼睛便失明了，不过他经过努力，成为一个极为出色的钢琴调音师。他闲暇时，便同夫人出游，不去喧闹的都市，只是山水之间。这些年来，全国有名的山水几乎都留有他的足迹。

我问："那些美丽的地方，你看不见，难道只是用耳朵听？"

他爽朗地笑，点头说："当然是用耳朵听。你老哥的耳朵不只能听琴音，好使着呢！比如说此处，你们也许只能听见风吹过山林的声音，我却能听见许多不同的声音。比如说涧里的流水声，鸟在林间的叫声，甚至面前有花落地的声音都能听见。而且，我鼻子也特灵，这里的松香、花香、草香我都能分辨得出来！其实，每一个地方，声音和味道都不一样，给我的感觉也不一样。虽然看不见，可是在我的耳朵里，那些景色可能比你们看到的更美。这就像有人能在钢琴上弹出许多景物，有人能在琴声里听见大海，听见高山，听见春风。"

闻言心中大动，于是闭上眼睛，将心沉敛，果然万籁入耳，然后尘心微动，种种见所未见之景悉上心头。那一刻，竟似有了一种感悟。有时，我们真的是辜负了自己的耳朵。

眼前这位大哥，他的眼睛看不见，可是他耳中容纳万千，心中自有无数风景。而我们，有时太过于忽略耳朵，眼睛于漠视到无视，心境渐渐贫脊。忽然觉得，是该到了唤醒我们耳朵的时候了。

穿越最长的隧道

　　有人说人的生命就像一列火车，在奔驰的过程中总会暂时停靠在一些大站小站，还要穿越许多隧道，或长或短。而有的火车便永远地停在了隧道中，最终也见不到光明的出路。

　　发出这番感慨的是一个在商场打拼多年的朋友，他经历坎坷，风光过也跌倒过，最终取得令人羡慕的成就。当时我曾笑着对他说："你这列火车算是从隧道中驶出来了，现在车窗外是广阔的平原，风光无限啊！"而他却说："这样的时候，是最容易懈怠的，而在未知的前方，还会有许多隧道等着去穿越。当陶醉于暂时的平静，火车突然进入隧道，便会有措手不及的仓促感，也更容易在那里抛锚。"从他的话语中，我听出了他目光长远居安思危的大智慧。

　　那时我还没有乘火车穿越隧道的经历，直到那年我去宁夏探亲。在北京上车，当进入山西境内时，隧道便一个接着一个地来了。先是突然的黑暗，仿佛火车一下子驶进了深夜，向外望去，只有隧道中那些点点暗弱的灯光向后划去。心中的郁闷和淡淡的恐慌还未散去，眼前豁然一亮，光明扑面而来，快得竟来不及收拾心情。而车窗外，山峰相连，高峻险要，山谷间或小桥流水，或芳草青青，仿佛人间仙境。好山好水尚未看足，又一个隧道接踵而至，依然是黑暗与寂静。

坐在我对面的，是一个戴着墨镜的盲人，隧道对于他来说是不存在的，因为他的世界是长久的黑暗。或许听出了我兴奋而急促的呼吸，他忽然问我："是不是第一次坐火车过隧道？"我回答："是的。"他说："那种光明和黑暗交替出现的情景，当年我第一次见到时也是兴奋而恐慌。20年前，我的眼睛失明了，就像火车突然进了隧道，周围是一片漆黑。只是，这次的隧道是永远没有尽头的。"我仔细地听着，这时火车又驶进了光明，我问："这20年你是怎么过的？"是的，这是我想知道的，20年行驶在黑暗的隧道中，而前方绝无出口，那该会是一种怎样的心情？那人淡淡一笑，说："适应加习惯，就是这些。开始也有绝望，可是，行程还是要继续，黑暗也好光明也好，关键是不能停下来。在黑暗中行驶，也是向前，只要向前，就是进步吧！"

我一时无语，而内心深处却有了波澜与震撼。是的，他的世界是永远黑暗了，如他所言，他的生命列车将永远行驶在隧道之中，可是，他的心却有着一个光明的出口。既是如此，再长的隧道又算得了什么？

此刻，火车穿越了最长的一个隧道，好长时间，突然就爱极了这种光明突至的感觉。看着对面的中年盲人，忽然有了一种迷茫消尽驶出隧道的感觉，至少他让我明白，不管黑暗有多久多长，只要不让生命的列车停止希望就在，美好就在。

火车终于驶出了山区，外面是一望无垠的大地，景色单调得无心去观赏。心中隐隐地有了期盼，盼着有山有隧道在前方的路上等着我。只有在穿越隧道后，才能领略到崇山峻岭的独特风景。那是一种挑战，也是一种精彩！

我只想摸摸这个世界的声音

　　看惯了这个世界的色彩斑斓，听烦了生活中纷至沓来的噪音，每天为了生存而奔波劳碌，不知不觉在东走西顾中碎了心中许多的梦想。于是失望、厌倦，却无法使自己停下脚步。

　　我在这样的时候，通常去找一个朋友倾诉，愤慨地用语言发泄心中的郁闷抱怨。而她始终微笑着，她什么也听不见，她从小就是聋哑人，这个世界上的任何声音对她都没有意义。面对这样一个人，我可以尽情地说，尽情地咆哮，不必担心心中的脆弱和愤恨被第二个人知道。就好似对着镜子中的自己一样，可是又有着极大的不同，毕竟我可以看见一张微笑的脸。

　　有一次，我接连遭遇了工作和生活中一连串的挫折，我愤愤地找到她，可是，说了好久，激动的心情都难以平复下来。她忽然抓起我的手，带我出了门，门外，仍然是那个让我憎恨而又摆脱不掉的世界。我随着她七拐八拐地转过几条街，前面是一个工地，正在搞拆迁，此刻正准备垂直爆破一个高高的烟囱。她拉着我进了路旁的一个电话亭，在那里远远地观望。我不明白何以她忽然有了这种闲趣，便也静静地看着。随着一声巨响，地面仿佛颤抖起来，电话亭的玻璃窗更是被震得簌簌响。转头间看见她把两只手按在玻璃上，脸上带着满足的微笑。十几秒后，声响消失，她在玻璃上哈了一口气，飞快地写下一行字："我只想摸摸这个世界的声音！"

我的心蓦地一动，在她的世界里，声音该是一种永远无法企及的梦想吧！可是，她却用这样一种方式去触摸那梦想，那该是一种怎样的智慧与执着！

夜里，我收到她发来的一条短信："我梦想听到这个世界的声音，可是命运却注定我只能用手去触摸这声音。当那份震颤通过手掌传到我心里，我有一种想流泪的冲动。"

我回短信问她："在那样寂静的世界里，你就用这种方式感觉声音的存在？"

她答："是的。就算是你们认为的噪音，对于我来说也是最美的音乐。因为我用的不是耳朵，而是心！"

我一时无语，心底有一种情愫在悄悄地涌动，连日来的烦恼与愤懑都被这种情绪感染得温情脉脉。我该怎样去感知这个世界，才能让怨怼变成美好？

她又有短信来："在夜里，我用手掌抚摸自己的心跳，那样真实的轰鸣。也许这才是我生命中最美丽的声音，因为它证明着我还活在这个世界上！"

是的，只要活着，所有的美好就终会到来。充盈在我胸中的就是这种激情吧！这个世界上，总会有挫折打击，可是，如果用另一种心情另一种方式去触摸磨难，那么，所有黯淡的际遇也许就会变成生命中灿烂的点缀！就像我的朋友，用手把这个世界的噪音触摸成最美的乐章。

在漫长的夜里，我将手放在胸前，于轰鸣的心跳中触摸到了美好的希望正如花朵般绽放！

广场上弹吉他的弟弟

　　太阳刚刚爬过对面楼房的顶上，弟弟便开始忙活了，穿上那件浅灰色的长风衣，背着那把破吉他出门，去广场上上班了。

　　家门附近有一个不大不小的广场，平时闲人多，过路的人也多，弟弟踩着一地的阳光，慢慢踱向那个花坛，坐在花坛的边缘上，开始工作。只是他所谓的工作，和周围那些面前摆着破碗或者竖着写满悲惨经历的人性质一样，只有他称那是工作，而且是很认真地说。

　　第一次去的时候，我笑着对他说："你周围的那些人，不会让你抢他们的生意的！"他神秘地笑，说："山人自有妙计！"只是那天中午回来，弟弟的长风衣上布满了脚印，他连饭也没吃，回到自己的房间，一会儿工夫便传出了呻吟声。到了午后，他居然起来了，而且把风衣上的灰掸得很干净，背上琴又要出去。我叫住他："换身行头吧，你穿成这样去，不挨打才怪！"他留给我一个倔强的背影，迈着微瘸的腿，看来被教训得不轻。

　　晚上弟弟回来后神采飞扬，衣服也干干净净，看来不但没挨打，生意好像也不错。我打开他的琴盒，却是一个硬币也没倒出来。于是嘲笑说："你连一毛钱都没挣到，还乐得像捡了金条一

月缺辉满，花残实成

第二辑

样！"他故作高深地一耸肩："太俗，张口闭口都是钱！我这高雅的艺术岂是金钱能衡量的？再说，大哥，我挣的钱并不比你少啊！你别像地主婆一样剥削我！"这孩子，真是神经了！

夜里，弟弟房里传来噼里啪啦的打字声，我无聊地玩儿了一会儿，竟伏在电脑前睡着了。醒来的时候，屏保的图案在眼前变幻，已经过了零点，弟弟的房间里已没有了声音。我继续上网，到一个网站上看小说，看弟弟的长篇玄幻，他同时出了两本书，都已经签约上架，也已经出版了第一本的第一部，现在书摊上四处都是盗版。但是却看得我着急，我常批评他："大白天的时间在家写书多好，你知道那些无聊的读者多么期待？你对得起他们吗？"那样的时候，他会斜我一眼："读你书的人就不无聊？而且，我知道，你也在看我的书，你这个正统的作家怎么也无聊起来了？"我悻悻："我只是想看你怎么成为太监的！看你想象力那么放得开，最后怎么往回收！"他回以我的依然是背着琴盒有些酷酷的背影。

弟弟一个秋天都在往广场上跑，就像有瘾似的，依然是一分钱也没拿回来。有一天，我对他说："你先给我弹唱一首，我看是不是你把那些人都吓得不敢从广场经过了，我觉得最近咱们这儿行人特少！"他倒是没拒绝，坐在那儿给我弹唱了一首 Beyond 的《再见理想》，唱得倒是有那么几分味道。唱毕，他说："看你层次可能高些，才唱的这首，我在外面唱的，都是大众喜欢的。你弟弟我的嗓子可不是吹的！"我回以颜色："别看你唱歌不上税，吹牛可是要上税的！"

我知道弟弟有段时间在恋爱，而且十有八九去广场上唱歌是为这事。那个秋天，每一天他的情绪都在微妙地变化，或幸福甜蜜，或伤感多思，或黯然，或兴奋，而且，他的玄幻小说中的主人公，也和他的心境契合着。只是有一天晚上我看他的更新，男主人公和那个心爱的女人竟然分手了，让我震惊不已，回想当天，弟弟并没有反常的情绪，没有那种失恋的痛苦和忧伤，反而有种平静中透着的安静与满足，真是奇怪的孩子！

　　快冬天了，弟弟还是那身装束，我曾对他说："你得多买几件风衣了，总穿一件，观众们会有视觉疲劳！"他却说："没多长时间了，冬天就不出来了，太冷，旁边的那些人冬天也很少出来！"这家伙，居然跟那些乞丐对比上了。他却一本正经地说："那些人并不是像你想象中那样骗钱的！"我不理他："好了伤疤忘了疼，忘了第一天他们联手揍你了？"

　　一天天地寒冷起来，我平时足不出户，这天却突发奇想，想去看看弟弟。正是下午下班的时间，广场上人来人往，弟弟被包围在一小簇人群里，看不见人，却听见吉他声歌声传出，这小子，一首流行歌曲倒是唱得也蛮动人的。我挤进去，看见他面前的琴盒里已经装了不少钱。我躲在一边，一会儿，人都散了，弟弟艰难地站起来，把琴盒里的钱散发给周围的乞丐们，还说："这回你们冬天不用出来了！今年冬天更冷！"终于明白，这小子挣的钱居然这样消费出去了，整个一个秋天，他等于替那些曾经打过他的人讨钱！

　　我先跑回家，站在一楼的窗口，看着弟弟慢悠悠地走回来，凉凉的风吹动他长长风衣的下摆，脸上依然是满足的神情。一进门，他立刻换了一副神情，急急地甩了风衣，脱下裤子，把左腿的义肢摘下来，疼得龇牙咧嘴，腿根的断处，已经磨得不堪入目。我忙为他抹药，再把他抱回房间。

　　那个夜里，我在弟弟更新的小说中，看到他借主人公的口说出的几句："原以为最幸福的事，是和心爱的人相伴偕老，现在才发现，最幸福的事其实是给别人以帮助；原以为最痛苦的事，是恋人陌路，可是经历了才知道，在那份帮助别人而得到的幸福面前，这种痛苦微不足道。"

　　第一次，在深深的夜里，听着隔壁弟弟熟睡的声音，在电脑前，我没有伏案而睡。

生如高天，活似流云

　　郑一梵是我见过的最特别的残疾人。初见面时是在初夏，他正摇着轮椅在丁香花丛中采摘那些粉红的花瓣，他说要回去自制一种丁香花茶。觉得他是很有情趣的一个人，虽然身有残疾，且还带一身的病，可似乎对他灵活的思绪毫无影响。

　　几天后，又遇见郑一梵，笑问丁香花茶的事，他轻松地一挥手："搞砸了！没成功，还损坏了一盒上好的茶叶！"虽这么说，却没有一丝的遗憾和懊恼。我问："那你怎么又来采丁香花瓣了？"他说："我准备按颜色深浅和形状分类，用丁香花瓣粘一幅画！"他为自己的这又一新奇想法兴奋不已，给我大讲了一通他的构思，说什么画初成时是一种效果，等花瓣失水枯干褪色以后，又是什么效果，头头是道。

　　郑一梵30多岁，长相威猛，一脸络腮胡子，如果不是坐在轮椅上，当是如张飞或李逵般响当当的汉子。按他的话说，这个形象是他特意营造出来的效果。他从小因身体关系，很是柔弱，对于"柔弱"这个形容女孩子的词他极为反感，于是想尽一切办法锻炼手臂和胸肌，并蓄起了满脸的胡子。终于与柔弱不靠边儿了，可谁又知道他宽松的裤管内，那两条细如婴儿臂的腿？

果然，郑一梵的丁香花粘贴画也夭折了，依然没什么遗憾，因为他又兴冲冲地奔向下一个奇妙的目标。不要以为他是不务正业，其实他也颇有几个赚钱的手艺。不是想象中的残疾人修电器、修表、修鞋什么的，也不是写作、画画、卖字卖唱，实际上他的文化水平并不高，也坦言自己没什么文化修养。可就是这样一个人，居然弄了一个花卉基地，而且精通插花。我去他的花卉基地参观过，很是震惊，什么地上长的，盆里栽的，水里生的，林林总总，大开眼界。张飞般的郑一梵乘着他的坐骑身处其中，很怪异的感觉。面对赞叹，他难得地谦虚说："多是我爱人打理，我只负责技术上的指导。"一个讨厌柔弱的汉子，却与娇花相伴，号称没有文化，却又深谙花卉知识，真真是让人叹而复叹！

　　人们羡慕郑一梵自由自在随心所欲的生活，感动于他平和而又灵动的心境，他却说："我不懂什么生活的道理，也不太明白什么人生的意义。我知道当初我出生时就有先天的残疾，别人都对我父母说把我扔掉，我爸却说，孩子只要生下来，就和别人顶着同样的天，留下，养大！于是我就这么留在这个世界上了，而活着嘛，就是自己舒心让亲人舒心的事，不用想太多！困难总会有，也总会过去，这样就好！"

　　据说他还曾开过广告公司，也曾摇着轮椅去徒步走全国，甚至还习过武，想做一个坐轮椅的怪侠，却在一次见义勇为中破灭了这个念头。更传奇者，是他和爱人的相爱经历。那时的郑一梵，形貌和现在没什么区别，基本属于让女孩害怕的那种。可他却把那么一个健康美丽的女人追到手娶回家，这个过程一直没有详细资料，夫妻二人讳莫如深，他们的亲人也稀里糊涂。不过从郑一梵千奇百怪的思想来看，应该是很容易抓住一个女人的心的。

　　有一次和郑一梵一起吃饭，在他家，他亲自下厨做的。面对那些菜肴，直让我怀疑这小子是不是没有不会鼓弄的东西。很搞笑的，开饭前，他竟然给我背诵了一大段的佛经，直听得我云里雾里，大笑不止。他却说："别笑。我名字里有一个梵字，不懂些佛经也对不起这个名字！"

吃着吃着，郑一梵忽然逸兴遄飞，非要喝酒。以前一直没见他喝过酒，很是担心。只见他不知从哪里翻出瓶白酒，倒了满满两大杯，一人一杯，谈笑间，他两口就喝尽了。让我大惊，并暗道真人不露相。没想到此人喝干了以后，却一头歪在桌子上睡着了，立马露了馅儿。看着他的醉中睡姿，百感交集。

是的，他是一个不懂得什么生活道理的人，也是个不太明白人生意义的人，可就是这样的一个人，却活得让人钦羡。我常常舞文弄墨，那些文字里充满了哲理和感悟，似乎已通透了一生，可在郑一梵面前，却觉得自己生活得很累，很无奈。生活，非是单纯地为生而活，亦非书中所说生即幸运活即机遇，其实生活更如郑一梵所为般，生如高天，活似流云。无穷无际，坦荡随心，而更多的时候，我们的心早已不知迷失在何处。我们与郑一梵的距离，也许正是隔着一颗宽广而自由的心。

无言之美

（一）

　　一次在朋友家做客，吃过饭天已大黑，我们坐在那里闲聊。时间过得快，快十点了仍然兴致很高。忽然朋友说要打个电话。于是她拿起电话拨了一串号码，等了一会儿，传来电话接通的声音。只是接通之后却不见她说话，电话那一端也是静悄悄的。

　　朋友的眼睛微微闭着，一种悠然神往的表情。过了五六分钟的时候，她把电话放下了，回头对我一笑，说："很奇怪吧？"我点头，她说："我在给我的母亲打电话。"我问："那你们怎么都不说话？"她说："我母亲是个聋哑人！"我奇怪地问："那她怎么能听见电话铃呢？"她说："我母亲的电话就放在床头柜上，她每晚都侧着睡，就是为了能看见来电话时话机上的来电显示灯闪光。其实那个电话就我和弟弟打，因为母亲什么也听不见，看见话机上的来电显示就会知道是我或者是弟弟。我们接起电话的时候，虽然不说什么，可那一刻我知道我和母亲的心离得很近！有时深夜里我会打电话回家，就是想知道母亲睡没睡，她睡着了就不会接起电话了。"

我的心中忽然涌起一种很深很深的感动，一下子想起了远方的母亲，我有很久没有给她打电话了。朋友打电话的事就像一枚落入我心中的石子，激起了沉积已久的亲情。朋友那一刻的无言，实是胜过千言万语。她让我看到了亲情的另一种美丽，安静深沉，却又直指人心。这种美丽的亲情，就是我们眷恋着的一切，就是我们好好活着的理由！

（二）

去大学报到的时候，由于邻家女孩和我考上同一学校，所以她妈妈让我带她去学校。她一直抱怨妈妈对她的关心不够，别人家的孩子考上大学家里人都去送到学校，而她妈妈似乎根本不在乎她。

她妈妈送我们到车站，一路上我们都一句话也没说，邻家妹妹一副生气的样子。上了车，她妈妈站在车窗外看着她，她也看着妈妈，外面都是送别的人，长一声短一声的叮咛不绝于耳，而她们就是这样无言地对望着。火车终于慢慢启动了，邻家妹妹的眼泪掉了下来，虽然她抱怨妈妈，可是她还是舍不得妈妈啊！这时我看见她妈妈举起手冲她挥了挥，脸上露出了微笑。目光中包含了太多的内容，有牵挂，有欣慰，还有把孩子交给世界的自豪与不舍，掺杂了太多的矛盾，又融和了太多的情感，那一瞬间，我竟看得呆了。

当她妈妈的身影渐行渐远，她转过头对我说："其实，我妈对我一直挺好的，她教会了我自强自立，现在想想，我真不该对她心生抱怨啊！"

大爱无言，一生当中许多无言的时刻会穿透我的回忆，让我的心于感动中慢慢濡湿，所以总是在那些沉默的时刻，倾听到人世间最美的声音！

你会使筷子吗

在一次聚会的酒桌上，大家谈兴颇浓，且有几个都是第一次见面，所以气氛特别热烈。在座有一位特殊的朋友，是一位残疾人，她没有右臂，而左手上也仅存了拇指和食指。吃菜的时候，她用两根手指捏着一只小匙，用得也很熟练。这个时候，有朋友就问她："你会使筷子吗？"

我们全停止了谈话，望向她。她一笑，说："当然会使了，只是没有你们用得自如，怕弄掉了菜让你们笑话！"说着，她接过别人递过来的一双筷子，用两根指头捏住，夹菜的时候，竟然也能开合，虽然不是很流畅的动作，但却震撼了我们的眼睛。于是我们纷纷蜷起三个指头，只用拇指和食指拿住筷子，却怎么也无法夹起菜来。最后我们全放弃了，都有这样一个想法：原来，不会使筷子的是我们。

有人问那女孩，这么难，她是怎么学会使筷子的？女孩说："原来的时候，我也不会使筷子，可是有一次拜访了一对夫妻，我就开始练习了！"

那个时候，女孩正沉浸在身体上的巨大伤害之中，无论是谁突遇如此打击，也都会有一种绝望感。而那种从心灵上漫过的无

月缺辉满，花残实成

第二辑

力与消沉，更是让她恐惧迷茫，不知今后的路该怎么走下去。过了一段时间，她的情绪总算是稳定下来，可是眼中仍是灰色的世界。正是冬天，她心里的寒冷比之外面的冰封雪盖更让她战栗。

有一次，她参加市里残联举办的一次活动，这也是在父母的强烈要求下才去的，这一次活动，她看到了许多有着不同残疾的人。听着那些人讲述他们如何战胜艰难的事迹，她却没有一点触动和感动，她眼中全是别人的残疾之处，忽然觉得这个世界也全是残缺的，再看自己同样残缺的身体，心里涌起强烈的厌恶感。

活动结束后，一对中年夫妇来到她面前，脸上带着温暖的笑容。她看着这一对都没有双臂的夫妇，心中那种厌恶感愈加强烈。那个女人对她说："孩子，能不能麻烦你送我们回家呢？我们开门锁有些困难！"看着两人眼中的善意，女孩没有拒绝。一路无话，到了家门前，女人告诉她钥匙在羽绒服里层的口袋里，她拿出，打开了门，夫妇两人热情邀她进去坐会儿。

屋里很整洁，饭厅的桌子上竟摆着饭菜，还冒着热气，女人说："这是我女儿来做好的，她知道我们什么时候回来！她总不放心我们自己做饭。来，坐下，吃了饭再走！"

女孩却很冷淡地说："我知道你们让我来，就是想开导开导我，其实也没什么好开导的，我虽然也是残疾人，可是我却从不看好残疾人，不相信什么经过努力和正常人一样的话。你们只要能做到一件事，我就听你们开导！"

夫妇二人并没有因为女孩的话而生气，只是微笑着问："你要我们做什么事呢？"

女孩说："对于正常人来讲最简单不过的一件事，那就是你们会使筷子吗？"

对两个没有双臂的人，提出这样的问题，也近似刁难了。可夫妇二人闻言却是相视一笑，说："当然会使，而且不止一种方法！不知你要看哪一种呢？"

这回轮到女孩吃惊了，会使？还不止一种？她定了定神："你们平时吃饭怎么使就怎么使吧！"

夫妇两个坐在餐桌旁的椅子上，妇人用嘴叼起了筷子！这怎么能行？女孩不解，即使能将饭菜夹起，可怎么吃呀？可是紧接着，令女孩震惊的一幕出现了：女人用嘴里衔着的筷子灵活地夹起一口菜，转头送到男人嘴里。然后，女人放下筷子，男人吃下那口菜后，也叼起筷子同样喂了女人一口菜！

这一瞬间，女孩就觉得心里有什么东西一下子就破碎了！女人笑着说："不怕你笑话，这些年我们都是这样吃饭的，也算给我们自己找点浪漫吧！"

男人也笑："其实，我们也能正常使筷子，只是有些不雅观，而且我们这样互相喂着吃，也算是一种幸福吧！"

女人起身，到洗手间，坐上水盆边的椅子，蹬掉鞋子，她并没有穿袜子，用脚打开水笼头，放了水，洗脚。洗过后，又用脚拿过毛巾擦干净，整个过程极为流利。女人重又回到餐桌旁坐下，将腿抬起，用脚趾拿起了筷子，熟练地夹菜。那脚趾极长，就像小孩儿的手指般。然后，她说："我们的脚比一般人的手都灵活，写字，上网，打电话，都能做到。唉，就是不能给自己穿裤子！"

女孩从他们家里走出来时，却像从一个长长的梦里走出，外面虽然还在飘着雪，可是在她眼里，忽然就充满了生机。

她说："就是那次以后，我就真的重新找回了信心。虽然从头到尾那对夫妇都没有一句开导我的话，可是他们的所有行动都在震撼着我的心！"

你会使筷子吗？女孩的这一问，却是为她打开了一扇新世界的大门。而我们对她的这一问，也让我们接触到了一种世间最美的感动与感悟。

月缺辉满，花残实成

第二辑

我只为了记笔记

　　教室里，有一个最特别的学生。不是因为她听课最认真，也不是因为她从不记笔记，而是因为她没有双臂！

　　她六岁的时候，不小心碰触到高压电，从此失去了双臂。虽然她把自己的双脚锻炼得像手一样灵活，不但可以梳头吃饭，更能写出很娟秀的字来，可是上课时她却从不写字，只是让同桌把课本帮着拿出来，翻到老师要讲的地方，然后就是用耳朵仔细地听。别人都不知道她的脚有那么多的作用，都以为她的作业是家人代笔。考试的时候，都是她单独在老师的办公室进行，而且每次的成绩都非常好。同学们猜想是由她说，老师来代笔的。

　　有一天，同桌帮她从书包里拿课本时，忽然带出一个本子来，上面竟是写得工工整整的课堂笔记！同桌惊讶地问："你是怎么记住讲的内容和板书的？"因为她从不借别人的笔记本带回家去。她说："就是努力去听去记呗！然后回去整理出来！"同桌也没有多想，并没去想她回家是怎么整理的。

　　她的成绩一直是班里最好的。大家有些不解和疑惑，毕竟考试的时候她不与大家在一起。当她知道了大家的想法之后，犹豫了好久，终于决定这次考试要和大家一起考。在考场上，她脱掉了鞋子，那是怎样的两只脚啊，由于经常运用它们做事，脚趾变得极长。只见她用右脚拿起笔，在卷子上飞快地写起来。同学们看得几乎忘了答题。

果然，那次考试她又是最好的。同学们再也没有了任何疑问。只是不解的是，她既然能如此流利地写字，怎么不在课堂上记笔记呢？就算不记，放学后也应该借一本回去抄写下来啊！

后来，快毕业的时候，她才和大家说："其实我的成绩好，并不是有多能学，只是因为我为了记课堂笔记。为了能回去后把笔记整理出来，我在上课时只好更认真仔细地去听老师讲，然后回家把每堂课的重点记下来！"同学们看了她的笔记，记得非常详细，每个重点都有，而且有一些拓展的想象。有人问："你怎么不在课堂上直接写呢？"她说："我怕你们笑我，更怕我把脚拿上来，会分散你们的注意力，影响你们听课！"

同学们都很感动。她的同桌问："那你咋不向我借笔记呢？回去直接抄写上多好啊！"她笑着说："我不能向你们借！因为我是用脚写字翻页，我怕你们知道了，会嫌我的脚有臭味儿！而且，我发现，这种记笔记的方法挺有用的，等于又学了一遍，所以我才能成绩好呀！"

同学们这才明白她成绩好的原因所在，同时为她的想法所感动着。是的，她虽然身有残疾，可她并没有因此放弃学习。正是因为她的执着，才使得她学习得更好。可见学习是要有一种精神的，那就是知难而上，不轻言放弃。正是有了这种精神，这个女孩子才能一样用脚书写了自己的精彩！

破茧成蝶

有时人们会奇怪，像吴琼这样的女生怎么会患上自闭症呢？她长得挺甜美，家里条件也很好，按理说物质条件优越的女生都是很开朗的，可吴琼却把自己封闭了。她的自闭不是源于自卑，她根本就没有那种心态。她之所以如此，其实是因为忽然对身边的人都失去了信任，在十几岁的年龄，这是一种很常见的心理。

在这样的一种心境之中，吴琼的成绩自然不可能太好，由此父母更是常在她耳边唠叨，她反感厌烦，于是更是不闻不问，把自己层层包裹起来，学习更是每况愈下。是的，在青春期自闭的孩子，会对学习造成很大的影响。不过吴琼也不是完全与世隔绝，一次偶然的机会，她的心却被另一个新奇的世界所吸引。那一次，她独行于放学的路上，忽听旁边的一个小孩问妈妈："妈妈，你知道蜘蛛有几条腿吗？"那个妈妈说："蜘蛛有八条腿！"那小孩又问："那蚂蚁呢？那蜈蚣呢？"

当时吴琼听见了那个孩子的话，忽然也对这些问题感了兴趣。她于是走到一处倒塌的墙下，想去寻找一些蜘蛛和蚂蚁，这些平日里经常见到的小东西，自己还真的没有好好观察过！那个下午，吴琼在那片废墟上找到许多隐匿着的爬虫，兴奋地追逐着，数着它们的腿。后来，她就对这些小东西越来越好奇，一有闲暇，就跑到野外去，在那片草地上，各种各样的小家伙随处可见，那里是它们的乐园，也成了吴琼放松身心的后花园。

从此，吴琼走进了这些小动物的世界，由原来的数腿到慢慢地发现它们的生活习惯，每一种小东西都会给她带来惊喜。也只有在那个世界里，吴琼才会卸去全身的铠甲，把自己放心地释放出来。她回去后把观察到的每一种小东西都记录下来，从体貌特征到生活习性，以及一些关于它们的趣事。那个记下这些的本子，她命名为《精灵日记》。

有一次，吴琼花了好多天的时间观察一条大青虫，那虫子长得很是让人毛骨悚然，放在以前，她绝不会去接触它的。可现在，她早已不怕各种虫子，原来觉得让人恶心的那些软软的家伙，仔细去看都有各自的可爱之处。那条虫子，吴琼看到它的时候，已经变得无精打采，后来渐渐地不再爬动，仿佛奄奄一息。她以为虫子要死了，果然，虫子终于一动不动，而且变得越来越僵硬，身上的颜色也跟着发生了变化。虽然如此，吴琼还是不放心，每天都要去看看它。虫子的身体渐渐地呈现黄色，而且越来越圆滚滚的，就像多了一层厚厚的壳。吴琼惊奇地看着它的变化，不知它是死了，还是进入了休眠。

那个下午，吴琼蹲在虫子旁，此时的虫子已经看不出原来的轮廓了，倒像是一个茧壳。忽然，那虫子动了一下，吴琼吓了一大跳，忙向后躲了躲。然后那虫子微微地抖动着，良久，它背部裂开了一条小缝，仿佛有什么东西要从里面钻出来！吴琼睁大了眼睛，又向后退了一些，紧紧地盯着它看。里面的东西似乎挣扎得很艰难，又过了很久，那个缝更大了，一个小小的头从里面钻出来，然后是身子，一个陌生的小东西翻落在地上，它在那里伏了一会儿，背上的两片翅膀展开，扑扇了几下，晃晃悠悠地飞了起来，飞上高空，盘旋了一圈便飞走了。而地上，那个虫子已成了一具空壳!

过了好长时间，吴琼才反应过来，抬头寻找，那只美丽的白蝴蝶早已没了影踪！她还是第一次看到蝴蝶诞生的全过程，那么真切，极是震惊，她把那只虫子的遗蜕收藏了起来！

从那以后，吴琼终于开始努力学习了，虽然有些难，可她却不放弃。父母和老师都很欣慰，这个孩子虽然还是很自闭，可是她却不再于自闭中消沉了！一年之后，吴琼一鸣惊人，各科成绩都名列前茅。而且，她彻底地改变了自己，再也不用冷漠去拒绝笑脸，她开始和同学们交往，她像把青春中所有的热情一下子全释放了出来。认识她的人都说："她真像是变了个人一样呢！"

吴琼终于用默默的努力挣脱了身上厚厚的茧壳，她在自己的《精灵日记》中写道："我终于破茧成蝶了！感谢我的小精灵们，感谢那条大青虫！"

所以说，青春期的自闭，有时并不只是一种心理病症，它更有可能是一种转变的开始。因为生命的蜕变都会有一种痛苦的过程，它需要毅力和执着，不管是什么样的心境与处境，只要不放弃努力，不放弃学习，就终会挣脱周围的桎梏，展开美丽的翅膀飞向广阔的天地！

栖在树上的鱼

很大的院子，院子里有一棵粗壮的树，浓荫匝地。夏日晴好的时候，罗小鸥就摇着轮椅行走在院子里，感受阳光清风，心里却是总感觉不到自由。14岁的年龄，便被桎梏在轮椅上，就像鸟儿被困囿在笼中，可笼子再大，也不是天空。

只好每天对着庭中熟悉的一切，渐渐地，罗小鸥发现树上有两只鸟儿是一直都在的，每天许多鸟儿来来去去，只是它们总会回来，因为树上有它们的一个巢。小小的，在密密的枝叉间，像一个黑黑的果实。很羡慕那些鸟儿，可以自由翔集择枝而栖。她还喜欢鱼，不是那种观赏鱼，而是父亲从门前的河流里捕来的小鱼，它们生活在家里的几个鱼缸里。可自从腿不能走路之后，她把鱼们全都放回了河里。只是有三条鱼还太小，她怕它们无法独立生活，就想着养大一些再放生。

有一天，父亲突发奇想，把那个鱼缸用细绳捆扎好后，系在了那棵大树的枝上。她很是惊喜地看着高高悬吊着的鱼缸，阳光从层层叠叠的枝叶间洒落，鱼缸里的水也点点斑斑的亮，三条小鱼欢快异常，在里面互相追逐，游过阳光时，细小的鳞片上都闪着点点金光。那个午后，罗小鸥一直在树上看那三条鱼，它们吐的每个泡泡都五彩斑斓。新来的鱼也引起了那些鸟儿的注意，鸟们似乎也为这新加入的成员而惊奇，有些胆子大的，就直接落在鱼缸的边缘上，探头去看里面鱼的游动。

那个晚上，依然很热，罗小鸥坚持要睡在外面树下。于是支起了折叠床，躺在那里，抬头间就能看见那个鱼缸，三条小鱼也安静了许多，静静地悬浮在那里，而更高处的鸟巢里也是寂然无声。久久不能入睡，直到月亮升起，便听得见鱼缸里有着细细的水声，三条鱼似乎被月光感染，又开始游动，有时接近水面时便欢快地甩尾，扑打出一朵朵水花。听着清晰入耳的水声，罗小鸥终于渐渐进入梦乡。

不知何时醒来，已月挂中天，起了风，吹得满树的叶子簌簌地响。罗小鸥抬眼去看鱼缸，见那鱼缸在风中摇摇晃晃，三条小鱼在动荡的水中游得更加欢畅。她忽然想到在这不停摇动的水里，鱼们是不是会找回在河里在波浪中的感觉？要不它们怎么会那么兴奋快乐？再也没有睡意，一颗心随着鱼缸轻摇，仿佛化身为鱼，在水里，在月光下，自由地游来游去。

早晨在鸟鸣中再次醒来，朝霞满天，抬眼，满树的叶子都闪着清新的光，两只鸟儿早已起来，正绕树翻飞鸣叫。鱼缸在阳光斜斜地照射下熠熠生辉，小鱼们反而安静了，头向着东方，停在水中。罗小鸥也在满天的阳光里安静地看着，从没有这样发自内心的平静。

上午的时候，罗小鸥让父亲把鱼缸拿下来，还是把那三条鱼放回了门前的小河。而且，她说要回学校去上学，不想在家里这样待着了。她经过这一夜，忽然明白，就算轮椅是一种桎梏，也会领略到不同的风景。就如夜里那三条鱼，虽然身处小小的鱼缸里，可是它们却有着栖在树间的经历，有着风中摇荡的水，有着月光朝霞，有鸟儿陪伴，那是河里的鱼们永远无法体会的东西。

她也相信，自己也会于困囿中体会到别人所看不到的美好，那是上天的眷顾，只要自己能用心去发现。

让风消失在身边

  曾经在一次课堂上，老师问我们一个很奇怪的问题："怎样让风在自己身边消失？"当时老师正在讲一篇课外阅读文章，文中说的是一个人历尽艰难终于成功的事。可老师的这个问题根本就风马牛不相及，让我们莫名其妙。于是大家思考之后，说出了各种各样的答案，却都是很勉强，或者得不到老师的肯定。

  老师给我们的最佳答案是："奔跑！"我们不解，都说越是奔跑就风越大呀！老师并没解释，只是给我们讲了一个故事。她说，她的女儿从小就怕风，一种很奇怪的病，如果风大一些吹的时间长一些，就会休克。可女儿偏偏就喜欢去外面，为此家里怎么管也不行，即使休克多次也非要出去。她不让家里人跟着，如果天气晴好不刮风还没事，要是有风的日子，家里人就会在她出去不久，就去找她，那时她多半已经休克了。

  有一天，也是刮着不大的风，女儿已经出去了有一会儿，她正要去找，却见女儿兴冲冲地回来了，很激动地说："妈妈，我今天在外面没有休克！"家里人都很奇怪，忙问她是怎么做到的，她得意地说："因为我找到了一个方法，可以让身边的风停下！你们和我来！"

到了外面，仍有风在吹，却见女儿顺着风的方向快跑起来，跑了很远，才慢慢走回来，说："我顺着风跑，只要我和风跑得同样快，风就没有了。很奇怪呢，当我跑完，浑身发热，就好像不怕风吹了，就能慢慢走回家了！以后你们不用担心了，风再大也没事，我跑得再快些就行了！"

那一年，女儿才 14 岁。那以后，她真的很少休克过，随着她经常奔跑，所以越跑越快，越跑越远，体质也越来越好，不知从哪一天开始，即使不奔跑，再大的风中，她也不会休克了。可是，病好了之后，她也没有放弃奔跑，曾经有专业的长跑队想把她吸收进去，她却拒绝了，因为她虽然喜欢跑，可并不想要那种竞争的跑。如今她已经大学毕业，做什么事都能成功，因为她不怕困难，用她的话讲就是困难再大也不怕，只要我比困难跑得快些就行了。

听了老师讲女儿的故事，我们一时全都默然。静静地想着，顺着风跑，如果跑得够快，是不是真能让风在身边消失。后来有同学专门去做试验，才发现有多难，因为风的速度太快了，这才明白，那个女孩当初是以怎样的毅力坚持奔跑！

这么多年过去，依然会想起老师当年的问题和她讲的故事。也终于在生活的磨砺中明白，再大的风也不怕，只要你顺着风跑得更快，就会让风消失于无形。让风在身边消失是一种智慧，也是一种境界。

时光里伸出一只手

一

那一年冬天，认识了钱小冬。他曾对我说，别人一般对他说的第一句话就是："你指着我干吗？"我们都笑，我也差点说出，当初第一次见他时我也想这么问了。

记得那时我从他家院子里经过，忽见从院墙内伸起一只手用一根指头指着我，吓我一跳。便走到墙近前去看，却见钱小冬正站在院子里，兀自指着某处。仔细看，才发现这家伙居然是在伸手接天上飘落的雪花。

他得意地对我说："你发现没有，我指着别人的时候样子很帅？"然后还伸出指头指我，我拿雪团打他，他笑着跑远。看着他的背影心里暖暖的，被他17岁的纯真和勇敢感动。

他常常挂在嘴边的是，我指着谁，谁就是我的目标，他们身上总有一些长处，我的目的就是超越他们的优点。我相信他的话，他也的确一直在这样做着。或许他指着别人的姿势就在证明着这一点，因为在他的右手上只有一根指头，就是那根给他指示方向的食指。

二

有一个夏天，我经历了许多挫折，每日里神情郁郁，似乎麻木，又似乎愤怒。一次走在街上，头脑中仍交织着那些失意，喧嚣的世界仿佛离我很远，只纠缠于内心的沉沦中。心不在焉地穿过一条无信号灯无斑马线的街道，只觉身旁有人同我一起走，便也没在意，低头皱眉机械地向前迈步。

忽然觉得有人一下子拉住了我的手，我竟吓了一跳，忙止步，一辆车飞快地从我身前驶过。转头看，是一个中年人，戴着墨镜，脸上笑着，对我说："我眼睛不便，需要你的帮忙，能带我过到对面去吗？"于是拉着他的手一直走过车来车往的街，感觉他的手很暖。

和那盲人大哥分手后，心中竟似轻松了许多，就像多了某些莫名的东西。或许那人一直跟在我身边，听到车声的一刻拉住了我，又或许他只是真的想让我帮助他，可不管怎样，世界就在他拉住我手的那一刻悄悄地发生了改变。多年以后，我还记得那只手，那只手的温度穿透岁月，一直在我心里温暖着。

在别人眼中开一朵花

  去邮局的路上，经过那条窄巷，果然又看到了那个女孩。她坐在门前，眼睛亮亮的，逢人就笑，笑容灿烂得如旁边开着的一树樱桃花。所以我总愿意经过这条小巷，安静、宁和、花开、笑脸，每次走出这条巷子，走进城市的车水马龙，心里都会恬然无比。

  许多年前，在一个陌生的城市，那时正是梦想与现实的冲撞过程，豪情湮没于尘事劳顿之中。有一次去远郊办事，途经一暗暗的长巷，一侧是高高的大墙，另一侧是一排破旧的二层楼。高墙阻挡着阳光洒落，那些楼房也都寂然，显得极冷清，一步步走着，加之心情的沉重，甚至有了阴森的感觉。行至一多半时，已经有些烦躁，还有些微微的恐惧。就在此时，抬眼向旁边望去，忽见二楼的一个窗口竟然有花开！几盆花摆在那里，花儿正自绽放，那一瞬间，便觉黯淡全无，一切全都生动起来。心情也被灿烂的花儿点亮，脚步变得轻快，便觉得长长的巷子几步便已走完。

  后来一直不顺利，无论工作还是生活，都与心中憧憬的相去甚远。由于市里的房租越来越贵，便想去郊区找一个便宜的。有一天在报纸上的一则广告里看中了一处，便找了去。重新走进那条长巷，心里想着会不会是有花的那家，竟然真的是！那些花儿仍然开着，落寞的心也似乎明亮起来。很快搬了过来，住在一楼的一个房间里。闲暇时，站在院子里，抬头便看见花儿，心便欢喜。

想着竟有如此巧合之事，看来我的希望我的梦想不会落空，那些日子，心里便是满满的花开。

房东是一个慈祥的大婶，她拄着一根拐杖，熟练地上楼下楼，四处收拾。虽然丈夫已故去多年，孩子也不在身边，她却把自己照顾得很好。她爱养花，却不是像别人一养许多盆，只拣自己喜欢的花期长的，然后精心地侍弄。那几盆花，花期都是错开的，她说一年四季都会有花在开。曾问过她，是不是觉得对面的巷子太阴沉了，所以在窗台上放上花盆，让过路人有一份好心情。大婶却笑着说："我哪懂那些道理，我就是喜欢养花，没想那么多！"正是这份不经意的美丽，偶然开在了我黯然的眼睛里，点染了我曾经的心境。

后来终究是离开了那座失落了梦想的城市，可是，旧的梦想破落，新的梦想正丛生。所以并没有太多的失意彷徨，就像房东大婶的那几盆花，有谢的，便总有开的。梦想也正是这样，在心底生生不息。于是在另一个城市，虽然依然艰难，可是心里一直芬芳着，并没有在世事的风尘中麻木。

记得第一次经过那条小巷去邮局，走过后，心情极是怡然。邮局窗口的女孩说："你今天好像有什么不一样，嗯，是了，今天你的笑容很好，让人心里很暖。"那一刻，才忽然想起，自己似乎很久没有这样真心地笑过了。虽然心里的希望一直都在，虽然曾经的那些花儿一直开在心底，可是总是用面具去抵挡那些不期然的白眼冷遇。原来，我的笑容竟然也可以感染别人。

有一次，走过窄巷，那女孩依然坐在门前，身边的樱桃树上，花儿早已落尽。她的笑容却是灿烂未改，像永不会凋零的花。我问她："小妹妹，你怎么这么爱笑？"她说："因为别人都说喜欢我的笑脸！"我走过她，回头看她坐着轮椅的身影，却听她又说："干吗不笑呢？看着一个人笑总比看着一个人哭心情要好些！"

是啊，为什么不笑呢？每个人的笑脸都是一朵盛开着的花儿，开在别人的眼中，馨香在别人的心底。

不能跳舞就弹琴吧

　　19 世纪的一个夏天，在英国小城达勒姆的一个庭院中，露丝的家庭舞会正在热烈地举行着。这一天是露丝 28 岁的生日，盛装的她在舞会中光彩照人，她的脸上洋溢着幸福的笑容，优美的舞姿赢得众人的一片赞叹。

　　正当人们沉浸在这温馨的氛围中时，意外却突然发生了。露丝在做一个高难度的旋转动作时，一下子摔倒在地上。舞曲戛然而止，露丝挣扎着想爬起来，却终是没有成功。在医院里，医生经过紧急会诊后，向露丝及她的亲朋宣告了这样一个不幸的消息：她患上了一种极罕见的神经系统疾病，她全身的神经将会慢慢地丧失功能，而药物只能延缓病情发展的速度。

　　那一刻，人们都惊呆了，包括露丝自己。她知道自己将再也无法站起来，再也不能旋转出优美的舞姿，而且，最终将会瘫痪，直到有一天心脏也停止跳动。是的，这一切真是太残酷了。她是小城舞蹈学校最出色的教师，她热爱跳舞，喜欢舞会上那种激情四射的感觉。每一年她过生日时都要举办家庭舞会，而这一次，却成了她生命中最后的表演。在人们的痛惜与祝福中，她在家里开始了漫长的休养。

　　有很长的一段日子，露丝坐在空荡荡的院子里，看着墙角的花儿在微风中轻轻地摇动，心底一遍又一遍地回想着每一年过生日时这庭院中舞会的盛况。转眼一年过去，人们以为露丝再也不会像往年般举办舞会，可是前一天他们都接到了露丝的邀请，让他们穿上最华美的衣服带着最精彩的舞姿前来。

露丝在钢琴后面笑着对大家说："虽然我不能跳舞了，可我还可以为你们弹琴，能欣赏你们的舞姿我同样地开心快乐！你们尽情地跳吧，要对得起我的琴声哦！"纯净的音乐如清澈的河水从她指间流出，人们在感动中陶醉了。这是一场令人难忘的舞会，露丝纤巧的十指在黑白键盘上灵活地跳跃，就如她当年优美的舞姿。

就在这一年，露丝病情恶化，除了头部，全身都不能动了。听到这个消息，人们都很难过，知道她那美妙的琴声也已成为绝响。而露丝在 30 岁生日的舞会上，却第一次向人们展示了她的歌喉，正如她所说，不能弹琴就为大家唱歌吧！这一年的舞会，来的客人要比每年都多，大家都想听听她的歌声，给她最美好的祝愿。

在那次舞会的四个月后，露丝也失去了她的声音。人们都沉默了，不知道失去歌声的露丝将怎样面对生活。可是在她 31 岁生日的前夕，人们照常收到了她的邀请。那一天，来的人极多，院子满了，院墙外也挤满了人，都是小城善良的人们，他们来为露丝祝福。音乐依然，舞蹈依然，露丝卧在一张躺椅上，只有眼睛还能艰难地眨，只有心还能激情地跳。人们在她的眼中看出了微笑，看出了温暖，看出了对生活的热爱！

露丝终没能跨过 31 岁的门槛。出殡的那天，小城里认识她和不认识她的人都来送行，陪这个美丽的女子走完最后的一段路。在她的墓碑上，刻着这样一段话：

"不能跳舞就弹琴吧，不能弹琴就歌唱吧，不能歌唱就倾听吧，让心在热爱中欢快地跳跃，心跳停止了，就让灵魂在天地间继续舞蹈吧！"

据说，这是所有英国人最喜欢的墓志铭。

风记竹音

那一年，他 23 岁，由于一场车祸，失去了左臂。他是一个很坚强的人，这样的打击并没有让他消沉，他反而充满斗志。于是，他出没于各大人才市场或招聘会现场，却是屡屡碰壁。用人方并没有说是因为他的身体情况，而是几句问题，就让他难以应对。他知道那都是故意刁难，终究是因为他的残疾。

在无数的白眼冷遇中败下阵来，他第一次有了怀疑，怀疑自己是否真的一无是处，怀疑残疾的身躯能不能被人接纳。不过他也并没有因此消沉，觉得把找工作的事先放下，去个环境好点的地方平复一下心情。人生的奇妙就在于，一个场景，一个眼神，或者一句话，一切就会不同。而他就遇到了这种奇妙的转变。

他去了乡下的一个远房大伯家，那里依山临水，房后是一大片竹林，万竿摇翠，很是动人心怀。到达的那一天，他就坐在竹林里，隔着竹幕，一切都绿得柔和。回想自己的一切，经历过许多次求职失败后，很客观地发现自己真的是有太多不足之处，以前的确是有些高估了自己。可接下来就是茫然，自己的长处寥寥，真不知归宿在哪里。

那个夜里，他辗转难眠，忽然，就听到了一些奇怪的声音，从窗外传进来。就像有人在低低地哼唱，又似箫管笙笛随意地吹奏。他翻身而起，出门，月光如水，他循声而去，来到后面的竹林里。声音就是从这里传来，他看见林中有许多断竹，断的地方高低不同，风吹过，就发出不同的声音。那一刻，在月光下，他忽然就莫名地感动了，这些断了的竹子，虽然再没什么用，可是依然会发出美丽的声音，而且风会记得它们的声音。

第二天，他问大伯："那些断了的竹子，是不是一点用都没有了？"

大伯说："怎么会没用？可以找直的做成笛子，粗一点还可以做成竹杯、竹筒什么的，都会有用的，没有没用的竹子！"

回到城里后，他又是信心百倍了，再加上他一直有着的坚强，终于找到了适合自己的位置。就像他所说的，总会有人欣赏我，喜欢我，就像风会记得那些断竹之音，我就像那些断竹，可是我依然有用，依然会发出最美的声音。

世界给我最痛之吻

　　去附近一所中学看一个朋友，她在那里当教师，作为班主任，总有一些琐碎的故事，如晨露点点，易动人心。见我来，她欣喜异常，似是又可以尽情倾吐。可是她并未如往常般，而是拉我去见校长。原来，她和校长说好，要我给她们班的学生讲一堂作文课。

　　我对她的先斩后奏只能报以一笑，虽无准备，还是被赶进了教室。对于她班的学生，也不算陌生，有时她上课时，我也充当学生旁听。忽然看见一个陌生的男生，有些委缩，不敢抬头。便多注意了他几眼，看不见他的脸，似乎与别人格格不入。对于讲作文已是轻车熟路，以趣味引发兴趣，是惯常之道。于是便有了一个话题作文，话题就是"吻"，我先是讲了自己曾写过的一篇《最美的一吻》。然后，又说了许多与吻有关的典故。最后，我告诉他们，在这个世界上，并不是所有的吻都是甜蜜的，有些吻会很痛，甚至痛彻心扉，甚至痛不欲生，只是，那么痛的吻，也并不一定就是一件坏事，因为会因痛生志，因痛生力，从这方面讲，这也是生活对一个人的眷顾。

　　忽然，那个男生抬起头来，并站起身，大声说："老师，你居然也是这样讲！我有些相信了！"那一瞬间，我看到他的右颊上，有一块儿红色的疤，隆起，牵扯着嘴角有些歪。他的眼神很是炽热，神情因激动而有些狰狞，我努力不流露出一丝的惊讶，只是问："还曾有人对你说过吗？"他点头："嗯，邻居家爷爷也对我说过类似的话。"

觉得这个孩子的身上一定有着难忘的故事，便又问："那个爷爷为什么要对你说这些呢？"他眼神暗了一下，只是一瞬间，他便大声说："因为我脸上的疤！"我注视着他，学生们也都屏息静气，看着他，等着他往下讲。

他生长在一个偏远的县城，出生时便没有父亲，事实上就是现在，他也不知道父亲是谁。他成长得也算顺利，虽然母亲对他冷冷淡淡，虽然常被别的孩子嘲笑，可是并没有造成太大的伤害。只是上小学六年级那年，最痛的时候才到来。那时的他，个子已经很高了，相貌也相当英俊，而母亲越发不喜欢他。他私下里会想，也许是因为自己长得越来越像那个所谓的爸爸，才会让母亲如此厌恶。可转念间，觉得母亲也够可怜的了，便也没有什么怨怼之心。

事情发生在暑假，有一次他约了班上的一个女生去玩儿，不想却被母亲遇见。母亲当时并没有说什么，只是狠狠地瞪他。那天回去后，母亲着实地训了他一顿，他很委屈，并没有觉得做错什么。同时也在想，是不是母亲觉得我这么小就会约女孩子玩儿，从而不高兴？还想，也许那个父亲也是如此，对母亲始乱终弃吧。也是奇怪，那个年龄的他，一下子能想到这么多东西。越发觉得母亲的不易，便也没有生气，早早地上床睡觉。

夜里，他忽然被一阵剧烈地疼痛惊醒，睁开眼，房间里亮着灯，先看到的是母亲血淋淋的嘴，用手抚摸痛处，才发现右脸已经血肉模糊。他一下子呆住了，而母亲，仿佛精神不正常了，看着他的脸，说："这回我看你还怎么去找女生玩儿！"他捂着脸，强忍着钻心的痛，想笑，却没有笑出来，艰难地说："妈妈，你亲得我太用力了！"

是的，他依然恨不起来，也没有对人说起伤的原因。随着伤痛的渐渐平复，他的心也恢复了以往的平静。虽然他变得很丑，可他并不觉得难堪，只要母亲高兴，这也不算什么。他是一个懂事的孩子，母亲没有悔意，他亦没有恨意，日子依然这样流淌。他以为会一直这样平静下去，如此也好，所以心里全是希望和憧憬。

初一的时候，换了一茬儿的同学，他并没有为自己的脸而自卑，甚至相当活跃，还当上了班干部。每天放学，会和一个女生同路，幸好那女生早他到家，所以并不担心被母亲看见。一个冬天的晚上，他放学回到家。母亲一反常态，用手轻抚他冻得通红的脸，然后轻拥住他，用脸去温暖他那块红红的疤痕。那一刻，他仿佛在梦中。从记事起，母亲从未这样亲昵地对待过他。幸福如水荡漾，所以当再一次巨痛从旧处传来，他的心从高空跌落，还没有从幸福的云端清醒，痛苦的深渊便已在望。

教室里一片寂静。我轻声问："是不是从这次就开始恨你的母亲了？"

他慢慢摇头，说："没有，就算想恨也无从恨起了，那不久之后，我母亲就自杀了！我只是觉得我来到这个世界上并不欠世界什么，为什么世界会如此对我？所以，从那时起，我就开始恨这个世界了！我不再上学，在外面跑了快半年，也做过许多坏事。这都是前年的事了。"

他现在跟着老姨一家在一起生活，老姨找到他时，他正在收容所里。来到这个城市，他也无心上学。后来和邻家的爷爷很是投缘，那个爷爷睿智无比，让他有着极为亲切的感觉，禁不住诉说了自己的种种。爷爷听完说："第一次时你的心态多好，妈妈的那一吻太用力了，不管怎么说，那都是吻啊，虽然那么疼，可是你心里还是爱她怜她，妈妈不在了，世界还在，你也该爱这个世界，怜这个世界！"

他看着我的眼睛说:"老师,原本我来上学,心里还是有些放不下。可是今天听了你的课,想起爷爷说的话,我开始相信,这个世界总有值得我去爱去怜的地方。我会记住妈妈的两个吻,不是以恨的心情,虽然那么疼,可是就像老师所说,会让我清醒,会让我有力量的。"

教室里响起热烈的掌声,我看着这个孩子,他的目光已经变得清明无比,而且透出一种让人震撼的力量来。心中也有了一种带着痛的感动,我知道这会是我这一生讲得最好的一堂作文课。

过不去河就摘一个果子

　　一个女孩来到路旁的修鞋摊前，修鞋老人给她修鞋的时候，她把双手插在口袋里默默地看着。过了一会儿，老人对她说："在这个时候你该做些什么！"女孩说："我帮不上你什么忙！"老人问："为什么？"女孩有些恼怒，用眼睛白了白老人没有回答。老人似乎没看见女孩的神情，仍旧自顾自地说着："人活在世上，该有一颗热心才对啊！"

　　女孩忽然猛地从口袋里拿出双手，对老人说："你看，叫我怎么帮你？"她的两只手光秃秃的，就像两个肉球。老人看了一眼她的手，摇摇头说："不，我说的不是让你用手帮我做什么，我只是想让你和我说说话，其实这才是我最需要的。孩子，只要有一颗心就可以了，能给我讲讲你的经历吗？"

　　望着慈祥的老人，女孩讲述了童年时高压电怎样夺去她的双手，以及许多年来所受的歧视和自己对别人的冷漠。听完女孩的讲述，老人说："我爷爷曾给我讲过一个故事：一群人奉皇上之命去追捕一只巨獭，追啊追，追出了上百里路，眼看要捉到了，前面忽然出现了一条大河，巨獭跳入河中飞快地向对岸游去，很快地上了岸继续逃跑。这些人傻了，河上没有桥，岸边也没有船，他们没有一个会游泳的，只好眼睁睁地看着巨獭跑掉。其中有一个人在别人懊丧谩骂之时，忽然发现岸边有一片林子，树上长着许多果子，他便摘了一个放在怀里。回去复命时，别人都遭到皇上的责罚，他却受到了嘉奖，就因为他摘了一个果子回来。我爷爷总是告诉我，凡事不要钻牛角尖，与其自怨自艾，不如看看周围有没有别的收获，过不了河就摘一个果子，便也没有白跑那段路！"

女孩的心一动，忽然明白人生其实也是这样，有时候我们无法改变生活，却可以改变对待生活的态度。人生之路漫漫长远，途中会有许多值得采撷的东西，不要因为一时的失意而怨天尤人，命运关闭一扇门的同时会打开一扇窗，如果你为失去太阳而哭泣，那么你也失去群星了。只要你用心去感受生活，一定会采摘到许多弥足珍贵的果子。

从修鞋老人那里离开时，女孩心里充满了温暖的力量，因为她相信自己虽然没有双手，却一样可以采撷生命中诸多的美好！

第三辑

有爱岁月暖

虽然残疾的身体带来太多的黯淡，可是那些围绕着的爱，却是落寞时脚前的灯。那些来自别人的关爱，是好好活着的理由，是所有温暖希望的来处，也是生命里永不枯竭的泉。用爱填满残缺，并用爱去照亮他人，便会无怨无悔。

最美的一觉

我读初中的时候，大哥就早已辍学了，帮父亲去后山采石场拉石头。那时家里很穷，根本供不起两个孩子上学，于是大哥选择了放弃读书，他说："反正上学别人也嘲笑我，就算学习再好，也不会有学校要我，不如帮家里干活，把弟弟供出去！"

大哥和我睡在外面的小屋里，一张大木床是父亲做的。拉了一天的石头，大哥总是吃过饭上床便睡。大哥总是侧卧着睡觉，蜷着双腿，有时在灯下学习的我抬起头看见大哥睡觉的样子，心中便会涌起浓浓的感动与感伤。

后来我上了镇里的高中，没有住校。镇上高中离我们村有18里山路，我每天都要步行上学放学。当初父母也让我住校，我坚持不住，除了为省钱，更是想和大哥住在一起，我希望每天晚上都能看到他。

那时我的个子已远远地比大哥高了，大哥只到我的肩膀。可就是这样瘦小的大哥，把一车车的石头拉到了山外，他用窄窄的双肩，把这个屋顶慢慢地撑起。那一天，干了一天活儿的大哥刚从山里回来，饭还没顾上吃一口便被舅妈带着去相亲了，这是第一次有人给大哥介绍对象。大哥很快便回来了，说对方是个寡妇，没有看中他。

　　吃过饭大哥便回屋躺下了，依然是侧卧的姿势。那晚我没有学习，早早地躺在大哥身边。大哥并没有睡着，过了好久，他忽然问我："小弟，知道大哥最大的心愿是什么吗？"我无语，心变得沉重起来，我的大哥，他失去了太多的东西了。大哥说："我就是想能平躺着好好睡上一觉！小弟，平躺着睡觉是不是很舒服？"黑暗中，我的泪汹涌而出。

　　大哥生下来就是驼背，后背高高耸起，像背了一个大大的包袱。他只能侧卧着睡觉，整日劳累的他，能平躺着睡一觉竟成了最大的心愿！我的心忽然很痛很痛。

　　第二天，我早早地回到家，翻出父亲的木锯，把床板拆下来，在大哥睡觉时后背的位置，用锯拉开了一个方洞。然后把床板安上，铺好了褥子。大哥回来后，当他吃过饭上床睡觉时，我说："大哥，今晚你可以平躺着睡一觉了！"大哥一愣，我掀开了被子，床那里凹下去一个坑，大哥的眼睛一下子湿了。

　　那个晚上，大哥平躺在床上，痛快地舒展着四肢，不停地说着："太舒服了！每个部位都可以好好休息了！"在黑暗中，我的泪水又一次滑落。第二天早晨，大哥显得比平时都有精神，看来他真的睡了很好的一觉。可是晚上放学回来后，发现大哥把那块床板又钉上了。他对我说："有昨晚那一觉就够了，知道了平躺着睡觉的滋味儿。以后还是老样子吧，我怕睡长了自己会变懒啊！"我的心濡湿了，亲爱的大哥是不想让自己过得太舒适啊！看见我难过的样子，大哥轻声说："别难受，小弟，总会好起来的。我会记住昨天晚上的，那是我这辈子睡得最美的一觉了！"

　　如今我已远在千里之外，大哥依然在家乡忙碌着。我在心底默默祝福着大哥，祝福他每个夜里虽然睡得不安稳，却会夜夜都能有最美好的梦！

温暖的手势

一

有那么一段日子，似乎是永无尽头的黯淡与落寞。当时栖身的小城绿荫掩映，我暂时居住的那条小街，那时开满了丁香花。只是每天垂头来去，竟忽视了那份美丽。有时沿街遇见那些来来往往的人，还有着一份无由的厌恶，仿佛什么东西入了我眼，都变得丑陋无比。

渐渐地，我注意到一个八九岁的男孩，他经常出现在路旁一所破旧的小二楼的阳台上。每天的早晨，我去上班，经过时，他都会站在那里，直直地看着我，然后两手平放在腹部，掌心朝上，向上抬起，至胸口再放回腹部，如此反复，如同练气功的姿势一样。晚上回来，也是如此，本来心里够烦，一见这孩子莫名其妙的举动，更是说不出的讨厌。

越是讨厌反而越是下意识地强迫自己去看他，久之，觉得这个孩子可能智商有问题，好像也没有上学。我觉得街坊们应该知道他的情况，我却懒得打听，而且，邻居们之于我，就如熟悉的陌生人，从未说过话。渐渐地，也便对那个男孩熟视无睹，虽然他每天还在我路过时，直直地看着我，做着奇怪的动作。

秋天的时候，我终于要离开小城了，去开始一个艰难的未来。忽然莫名地对这条美丽的小街，对那些一度觉得庸碌的人生起一种亲切感。也许要告别这一段，才会蓦然涌起这种思绪。毕竟他年回望时，也算是一个足迹。

离开的那天，走上小街，便有了一种全新的感觉。那个孩子依然站在阳台上，还是不变的动作，仍是那样看着我。忽然便有了怜悯之心，便在楼下喊他，他表情动作都没有变化，旁边摆小摊的一个大娘对我说："别喊了，听不见，又聋又哑的孩子，可怜！"原来如此，回头看了那个孩子很久，我才离去。

多年后的一天，我为写文章查一些关于手语的资料，忽然就看到了一个熟悉的手势，心中刹那间如起了雾一样，千里之外的那个小城再度清晰，开满丁香花的小街，那个聋哑男孩。忽然有了流泪的冲动，忽然明白了那个男孩为什么一直看着我。电脑上，那个手势的动画旁注明着手语的意思，那就是"快乐"。

二

我还认识一个有残疾的孩子，是个女孩，也是八九岁的年龄。她父亲是街角修鞋的，她就在父亲身后呆呆地站着或坐着。这个孩子智力发育缓慢，这么大了，才有两三岁孩子的智力。他父亲很辛苦，大夏天，太阳那么毒，还要坐在阳光下修补顾客留下来的鞋。

街上行走的女人们都打着遮阳伞，依然热得汗流满面。而女孩的父亲干着活儿，更是头发像水洗了一样。这天，女孩不知从哪儿捡来一把破得不像样子的雨伞，举在父亲的头顶。那伞基本挡不住阳光了，可是她一直在那儿举着，父亲让她到墙角的阴凉处玩儿，她也不走开。当我经过时，看见她小脸晒得通红，而他的父亲，却是满脸的幸福，虽然阳光依然直射在他的身上。

那许多日子，都是大晴天，火热，女孩每天都举着伞站在父亲身边，那伞已经越发破烂了，只剩骨架在那里。有时女孩胳膊累得不行，就把伞柄抱在怀里，立在父亲低俯着的头顶。一般这个时候，父亲会放下手中的活儿，抱着女儿躲进墙角的阴影里，给她揉胳膊和腿。

秋天和冬天的时候，女孩手中的那把伞早已不知去向。特别到了冬天，大冷的天，她也跟在父亲后面，不停地跺脚。有时看见父亲冻得发抖，她便会上前，两手举起，就像打伞的样子，然后觉得不对，又放下来，满脸的困惑。这个孩子，她只知道父亲热时打伞，冷时却不知该怎样。

有时我从路上匆匆而过，看见女孩在冰天雪地里，站在父亲身后，把手举起又放下，心里便会温暖起来。仿佛那个手势，带着一种直入人心的温度。虽然是智力那么低下的孩子，可是在她简单的生命中，却把那份最高的爱通过这样一个姿势完美地表达出来，所以，她永远是一个可爱的宝贝。

心灵有耳

一天傍晚，我去公园散步。人工湖的护栏旁站着一个中年妇女和一个十三四岁的男孩，看样子是母子，我经过时他们的对话使我慢下了脚步。

母亲说："你好！"

男孩面对母亲，略停顿了一下，说："洗澡！"

母亲又说："你好！"

男孩想了一会儿，说："起早！"

母亲还说："你好！"

男孩低头想着，忽然拍手说："你好！"

母亲笑了，男孩也笑了。见我在一旁云里雾里的样子，男孩的母亲对我说："这是我儿子，刚刚上初中。两个月前的一场车祸使他的耳朵再也听不见声音了。为了让他能像其他人一样上学听课，我每天都带他来这里练习根据口形判断发音！"

我说："那多难啊！"

她一笑说："只要努力！"

于是她又对男孩说："努力！"男孩认真地看着母亲的口形，说了几个发音近似的词后，他终于猜对了。渐渐地，母亲由两三个字的词增长到四五个字的短句，男孩判断起来明显吃力许多。可他依旧一遍遍地努力着。

我被这个场面震撼了，被这位母亲的良苦用心和男孩的执着深深打动。既然听不见，就要睁大眼睛正视不幸，正视命运的风雨。

这时母亲说出了最后一句，有七个字那么长，男孩没有反应。母亲又重复了一遍，男孩只说了几个字便继续不下去了。母亲不厌其烦地反复说着那句话，天色渐黑，我说："回去吧！今天他说不出这句了，天快黑了！"母亲没动，依然一遍遍地说着，男孩显得有些着急。

我转身往回走，心想他一定判断不出这句了。可是没走几步，我听见男孩的声音在背后响亮地传来：

"你必须学会坚强！"

世界沉寂了并不可怕，可怕的是心灵的沉寂，只要你不放弃希望，就没有什么能难倒你。关键是要像男孩说的那样，你必须学会坚强！

你可以带我走一段路吗

上初中的时候，有那么一段时间我迷上了玩电子游戏，那时还没有互联网，游戏厅是学生们最常去的地方。那时家里经济条件不太好，给我的零钱也少，每天的中午我为了省钱去玩游戏，连午饭都可以不吃。然而钱依然不够用，更为严重的是，我那时居然学会了吸烟，这就更让我捉襟见肘。

后来没了钱，我便在学校门口焦急地转悠。有那么一天，我忽然发现离学校两站地的地方有一所残疾人学校，在那所学校里，大多是成年人。在那所学校门前转的时间长了，中午时总能看见一些盲人从学校里出来，摸摸索索地沿路回家去。看到这个情景，我的心一动，便有了主意。我走向一个刚出校门的盲人，他二十多岁的样子，戴着一个大墨镜。我对他说："哥哥，我带你走一段路吧？"那人很高兴地接受了我的帮助，他家离得不远，一会儿工夫就到了。临进门前他对我说："谢谢你，中午吃饭了吗？"我小声说："还没呢！妈妈给带的钱弄丢了！"他立刻掏出两元钱递给我，我压抑着心底的兴奋，一迭声地说着谢谢。转过街角，我飞一样跑向游戏厅。

从此以后我尝到了甜头，几乎每天中午都去残疾人学校门前，差不多都能有所收获。这一天中午，我像往常一样在校门前晃悠，寻找下手的目标。忽然，有人轻拍了一下我的肩膀，说："小弟弟，你可以带我走一段路吗？"我回头看，居然是一个20岁左右的女孩，她没有戴墨镜，也没有拿着盲杖，我疑惑地问："你的眼睛？"她笑了笑说："我的眼睛什么也看不见！"她把手伸过来，我轻轻握住，便带着她朝前走。中午的阳光大朵大朵地落下来，初夏的风也带着丝丝清凉，我的心情忽然也无由地好起来，也许是因为拉着这样漂亮的一个姐姐。

转过一条街就到了她家，她并没有松开我的手，说："到我家坐坐吧，我一个人在家。"我鬼使神差地跟了进去，她的家里最多的就是书，方方面面的，我很惊奇，一个盲人弄这么多书干吗？她仿佛看出了我的疑惑，说："这些书都是我弟弟看的，他现在在外地上大学！你可能还没吃饭吧，我去做些，你在这儿吃！"不容我拒绝，她便进厨房了。我看她轻车熟路地忙着，也许是习惯了，她什么东西在什么位置都掌握得一清二楚。吃饭的时候我有些拘谨，她便不停地与我说话，讲得最多的就是他弟弟。她说他弟弟能上大学很不容易，中学时就不爱学习，总出去玩，高中的时候还迷上了打台球，谁说也不听。后来父亲便买了很多书回来，他渐渐地爱上了读书，从书中也明白了许多道理，于是开始努力学习，复读了一年后终于考上了大学。

那个中午，从她那里出来我竟然没有去游戏厅，并不是因为没从她那里弄到钱，这让我自己都感到不可思议。从此以后，每天中午我都去送那个姐姐回家，也常留在她家吃午饭，去游戏厅的次数明显减少，只是烟依然还在吸。有一天我怯怯地朝她借书，她竟然很高兴地答应了，并说她家的书我可以随便看，我兴奋地挑了几本感兴趣的书。没有想到我竟然开始喜欢读书，喜欢在别人的故事里旅行。

有一天，她突然问我："你身上怎么有这么大的烟味儿？"我小声说:"我吸烟呢!"她并没有批评我,只是说:"你和我弟弟一模一样呢!我不喜欢你身上的烟味儿呢!"这一句话就让我很羞愧,许多日子以来,我已经喜欢和她在一起,我怕她因此讨厌我,便不再吸烟。好在吸烟的日子短,也没有多大瘾,竟然很容易地戒掉了。

我的学习成绩也终于上升了,第二年,我考上了市里的重点高中,当我把这个消息告诉她时,她高兴得笑了很久。最后我黯然地说:"姐姐,我以后不能天天送你回家了!"那一刻忽然有要流泪的冲动,她忽然抚了抚我的脸说:"弟弟,你难过什么啊,以后有空的时候可以常来看看姐姐啊!"我说:"可是姐姐,你的眼睛,我怕你路上不安全!"她忽然把脸朝向我,我第一次仔细看她的眼睛,以前我不忍看她的眼睛。她的眼睛很明亮,我清楚地看见了自己的脸。她说:"弟弟,我也不瞒着你了,姐姐其实不是盲人,我是那个学校的手语老师。一早儿我就看见你在我们学校门口晃,还跟踪过你,所以我才装成盲人让你带路呢!"

那一刻,心底的震撼让我的眼泪淌了下来。一直以来我都觉得是自己在带着姐姐走了那一段路,实际上在青春的泥泞之中,是这个美丽的姐姐,拉着我的手走出那段坎坷,走进一片晴朗的蓝天之下。是的,我会永远记得她,感谢她。

爱是梦想的翅膀

　　19 世纪中叶，在童话般的苏格兰爱丁堡，一个孩子正坐在家里专注地弹着钢琴。他的母亲微笑着坐在一旁，紧盯着儿子在键盘上跳跃的十指，目光中透露出浓浓的关爱。

　　这个孩子很喜欢弹琴，他的喜欢源于母亲的喜欢。从他记事起，母亲闲暇时便坐在钢琴旁，十指翻飞如舞，乐声美如天籁。他被深深地吸引住，特别是母亲弹琴时的神情。他的爱好十分广泛，想象力也很丰富，头脑中总会有一些稀奇古怪的想法。他的祖父和父亲都是著名的发声法教授，对于纠正口吃和矫正发声有着独到的方法。而他所做的一切，母亲都是默默地支持鼓励着他，这让他幼小的心中就有了决定，将来一定要把这份爱回报给母亲。

　　受家庭的影响，他对说话能力的研究产生了浓厚的兴趣，有时他会想着这些方面的难题直到深夜，而母亲一直陪着他，脸上带着微笑，让他心里充满了温暖的动力。有时，他会去陪祖父住上一段时间，倾听祖父在这方面的见解和想法，以及一些经验和方法。那些年中，他在此方面的研究有了长足的进步。

　　后来，他成为一名教师，同时也是一名语言治疗师。他的学生都是聋哑人，他自小就对聋哑人有着深深的同情与好感，为了他们，他研究着能帮助聋哑人说话的方法与途径。对于他所从事的事业，许多人都不以为然，甚至嗤笑讥讽，只有母亲，仍在默默地关注着他，那慈爱的神情给予他无尽的鼓舞。

有一次，他和父亲参观了英国著名发明家查尔斯·威斯顿的实验室，他被威斯顿新发明的一个"说话机器"深深吸引住了！他对这种模拟人声的机器非常着迷，决定自己也要做出一台更好的来！他心中梦想的火焰再度被点燃了，他一直都在研究与语言有关的一切，他不仅希望让聋哑人能说话，更希望让正常人的话说得更好。

在他的努力下，他的关于教聋哑人发音说话的研究有了突破性的发展，他真的使许多学生说出了平生的第一个字，那一刻，他有着一种想哭的冲动。对于他这小小的成功，最为高兴的就是母亲了，母亲的眼中早已是泪光闪闪。后来，他更致力于语言机器的研究，并找到了一个志同道合的助手，就是电工托马斯·华生。两个人经常在实验室里一忙就是一整夜，竟然不觉得累。

偶然的一次机会，他在波士顿认识了生命中除了母亲外的另一个重要女人，那就是小他 12 岁的梅布尔。他们很快坠入了爱河。可是梅布尔的家里却强烈反对这门亲事，因为他们认为他没有正当职业，却总是做着一些莫名其妙且毫无用处的事。可是这并没有熄灭他们爱情的火焰，顶着重重的压力，他们爱得执着而真诚。梅布尔就像他的母亲般给予他无私的支持与关爱，默默地在他背后，微笑着看着他的进步。梅布尔决定，等他的研究发明一成功，他们就结婚，她相信这一天已经不再遥远。

在一个漫长的冬夜里，他和助手华生仍在忙碌着，完善着他们的发明。忽然，他碰倒一瓶硫酸，不小心溅到了腿上，他痛的叫起来："华生先生，到我这里来，我想见你！"远在另一个房间的华生忙跑了过来，那一刻，他忽然忘记了疼痛，兴奋地和华生拥抱在一起。而他刚才因疼痛而喊出的那句话，也被永远载入了史册。因为华生是在机器中听到他的声音，他们的发明成功了！

大家也许已经猜到，他就是电话的发明者亚力山大·葛兰姆·贝尔。他最大的梦想就是，不但让聋哑人有机会开口说话，并能让正常人的谈话跨越空间的距离！而一直给他关爱给他支持的母亲伊莱沙，和后来成为他妻子的梅布尔，却无法享受他最被世人称颂的发明——因为她们两个和贝尔曾经的那些学生一样，都是聋哑人，听不见这个世界上任何的声音！

是的，爱是世界上最温暖的阳光，也是世界上最美丽的声音，无论你给予别人无私的关爱，还是被别人默默地关爱着，只要心中有爱，那么还有什么梦想不能实现的？

看不见的真情

　　她是一个不幸的女孩。大学刚刚毕业便因一场车祸而双目失明，接着相爱三年的男友也弃她而去，她的世界一下子失去了所有的美好。艰难地走过那段泥泞之后，她决定在生活中证明自己。

　　她摸索着去了许多家公司应聘，可人家一看她黯淡无光的眼睛便婉言把她打发了，经过太多的失败，她原本坚定的心有些动摇了。那天她又去了一家公司，开门见山地对经理说："贵公司所有应聘的条件我都符合，只是我的双眼什么也看不见，如果给我机会我就试试看，如果不能干我也没有怨言。"说完她站起身准备向门外走，"等等。"一直沉默的经理叫住了她，"欢迎你来我们公司就职，只是鉴于你现在的情况，准备先安排你每天接听业务电话，你看可以吗？"她的心一下充满了喜悦，欣然应允了。

　　没几天的时间她便和公司的每个职员都熟悉了，她们都给她尽可能的帮助。一个月过去，她心里有些烦，每天的工作只是守着一部电话，这根本不是她想做的。而且，她似乎总能听见别人在议论她，自从失明以后，她的听觉变得异常灵敏。经理似乎看出了她的异常，对她说："别着急，再过些天就让你正面接触公司的业务！"她心里又升起了希望。

然而，时间一天天过去，经理却再也没有提起过这件事。而且这几天公司里的每个人都怪怪的，好像有什么事在隐瞒着她。每个周末下午的娱乐活动也取消了，而改成了加班，每次加班她都可以不来。她忽然冒出一个想法，是不是大家因为讨厌她才把周末的娱乐说成了加班？目的就是不让她参加。她忽然愤怒无比。

又一个周末，经理果然又宣布下午加班，她心里冷笑了一下。到了下午，她出人意料地来到公司，每个部门都没人，她想他们一定在会议室联欢。而当她推开会议室的门，并没有听到欢歌笑语，好像许多人在忙碌着什么。经理吃惊地问："你怎么来了？"她没有回答，反问："你们在加什么班？"经理笑了笑说："好，也不隐瞒你了。为了能让你尽快接手公司业务，我们请了人把公司所有的业务方面的资料都做成了盲文，而我知道你在家是学过盲文的！再有一个周末就完成了，你就可以开始正常的工作了！"

那一刻，她站在那里无声地哭了，虽然她看不见他们的表情，却能感觉出他们温暖的目光和真诚的心跳！她在生活中的求证成功了，这世上还是好人多，她决定要用自己的努力去回报他们的一片真情！

高低路面

　　三年前，我去一个本省小镇中学任教。刚去学校报到时，我便发现校园有些与众不同，可是一时又看不出到底有什么特别之处。当我向办公室走的时候，才忽然明白不同的是脚下的路。那是一条用砖铺成的甬路，从校门口一直延伸到办公室门前，又向每个教室的门前扩展。甬路铺得很特别，两边凸起的部分各有一尺宽，高出中间路面约半尺，使整个路面呈"凹"字形，像一个长长的槽子。我百思不得其解，由于初来乍到，又不好意思问别的老师。

　　学校暂时没有给我安排具体的教学任务，恰好毕业班的语文老师生病住院，我便替他先给学生们讲课。一次下课后我慢慢地沿着甬路往办公室走，一边走一边看着高低的路面沉思。小王老师迎面走来，见我看着路面出神，便问："是不是觉得这甬路有些奇怪？"我点点头，等她给我解释，谁知她笑了笑说："等黄老师来上班你便明白了！"黄老师就是那个生病住院的语文老师，早就对他有所耳闻，知道他是一个难得的好老师，把全部心血都投在了毕业班上。可这路又和他有什么关系呢？

　　一天早晨上课前，我们正在办公室里准备着教学笔记，不知谁喊了一声："黄老师回来了！"立刻，老师们都跑出门去，我也跟着出了门。远远地看见一个50多岁的人正向这边走来，这就是黄老师！他稳健地走过来，待近些了我才惊奇地发现他走在甬路上竟与别人不一样！他的左脚在中间的路面上，而右脚却在边上凸起的路面上，可是他走起来却毫不费力而且平稳。我仔细地看了看，立刻震惊得说不出话来，他的右腿竟比左腿短了近半尺！那一瞬间我忽然明白，甬路之所以修成"凹"字形，是为了黄老师上下班上下课走路的方便！

我听了黄老师的几堂课，他的课讲得极生动有趣，精彩极了，学生们听得如醉如痴。而黄老师不仅有先天的残疾，身上的病是长年不断，可他依然坚持走上讲台，把知识传授给学生们，在讲台前一站就是30年！听别的老师说，校园里的甬路是学生们自发铺的，他们每人从家里拿来砖，利用课间的时间修成的，为了黄老师能在校园里走得和常人一样平稳！

我问过一个学生为什么想起修这条甬路，她深情地说："黄老师用知识给我们开辟了一条充满希望的前路，我们给他修条甬路又算得了什么？"

我也曾问过黄老师的感想，他说："是学生们的信任和爱戴，才使我更有信心在这条路上走下去！"

那高低路面盛满了师生们的一片真情啊！想想看，长长的岁月里，有多少人一砖一石地为我们铺砌着脚下的路，而我们又为多少人弥补脚下的不平？用真情去铺砌世间的路，让爱在上面行走，那么前方定是一个美好而无悔的归宿！

我愿意丢掉一条腿

有一天，他忽然就想去山上转转，而且不想去城市周围的已经开发成旅游景点的山，要去远处最原生态的山岭。他一说，妻子就同意了，于是两人乘车来到山间公路的尽头，那里有一座长满各种树的山岭。当年，这是两个曾多次一起来的地方，留下了许多难忘的记忆。

两个人相互搀扶着上了山，正是初秋，满山的树渐渐显出五彩斑斓来。艰难地登山，看着似曾相识的一切，他们都颇有感慨，已经有七年没来了。终于来到半山腰的一棵树下，那是一棵极高大的松树，冠盖如云，松塔如星。两人站在那里，仰头去看那些松塔，一如当年般诱人。妻子紧紧地抱着他的胳膊，他面带微笑，妻子却眼圈泛红。当年在这里发生的事，在两人心中各自翻涌，却是有着不同的思绪。

就在两人缅怀过去的时候，危机悄悄来临。一匹狼悄悄出现在林中，慢慢向他们靠近。男人很警觉，他忽然发现周围有些不对，转头一看，狼已经从那边的林中走过来。妻子这时也发现了，两人有了瞬间的慌乱，眼看狼越来越近，他一推妻子："你快跑，我拦它！"妻子却说："你跑！"他怒了："我又没你跑得快！"妻子干脆说："咱们谁也不跑，上树吧！我先帮你爬到树上去！"他知道妻子的脾气，只好试着去爬树，这棵树多年前他能极顺利攀至顶端，可今天却是吃力无比。妻子用力抱着他往上托举，可是他怎么也难用腿盘住树干。那狼仍慢悠悠地走来，似乎毫不在意他们能跑上天去。费了很大劲儿，他终是颓然从树上滑下来，跌坐在地上。

他气喘吁吁，汗出如洗，对妻子说："你快跑吧，再不跑谁也跑不了了！"妻子并没有吱声，只是看着越走越近的狼，狼已经做出扑击的姿势。他大骇，破口大骂妻子，妻子只是站在他身前，不言不动，紧盯着靠近的狼。他挣扎着站起身，狼已经扑了上来，他身体里涌起一股巨大的力量，把妻子拽到了身后，然后搬起自己的一条腿伸向巨大的狼口。狼咬在了腿上，似乎是愣了一下，然后猛一甩头，那条腿竟被它生生扯下吐到地上。然后狼的血盆大口直奔再度倒在地上的男人而来，妻子尖叫了一声，猛冲到男人前面，同样的动作，把自己的腿送向狼口。他拽了一下妻子，狼咬下了妻子腿上一块肉。他怒极，捡起地上自己掉了的那条腿狠狠打向狼头，那狼受了几击，有些退缩。此时，女人的尖叫声引来几个采山人，看见那些人的身影，狼终是逃了。

在医院里，他狠狠呵斥妻子："你是不是傻了，就你那细腿，狼一口就能咬断！"妻子说："那你不也是把腿给狼咬了吗？"他很是恨铁不成钢地说："我的腿和你的一样吗？我那是假肢！"妻子却不服地说："假肢已经咬掉了，再咬，你拿什么喂狼？再说，那年咱们在那里打松塔，你都为我丢了一条腿，我也愿意为你丢掉一条腿！"

他便不再言语，回想曾经的一切，心里充满了温柔的感动。如果可以重来，他依然会毫不犹豫地为保护妻子而不惜摔断一条腿。妻子忽然说："你说，那个地方是不是对咱们不祥呀，这么多年去一次，还能遇见危险！"他却深情地说："不，我觉得那是咱们的幸福之地，虽然在那儿发生两次危险，可是我们都好好的，虽然受了些伤，可是只要有你在身边，再失去一条腿也没什么可怕的！"

爱是最美的眼睛

　　初夏的时候，对面的楼房里搬进一户人家，年轻夫妇带着可爱的孩子。一个上午，我正在看书，便听见窗外有人在说话。向外望去，那个年轻的妈妈正在对自己三四岁的女儿说："看，这是樱桃花，这边的是丁香，再旁边是杜鹃，好看吗？喜欢吗？"

　　小小的女孩牵着妈妈的手，在小区中间的花树丛中走着，听着妈妈讲各种花，笑得很开心。女人脸上全是幸福的神情，阳光暖暖地洒落，天上传来布谷鸟的叫声。女人便循声指着天上，对女儿说："快看，有布谷鸟飞过去了！"小女孩仰头看天，一片蔚蓝映进她欣喜的眼睛。

　　于是总是在晴好的日子里，看见这对母女，或在小区的绿地上，或在门外的水上公园里。小女孩很乖，一直牵着妈妈的手，听着妈妈讲着周围的一切。有一次，我从小河边走过，她们就坐在河边，忽听水里轻轻地哗啦一声响，女人说："快看，有条鱼跳出水面了！"我也循声望去，一条半尺长的金色鲤鱼在阳光下闪着亮亮的光，尾巴摆动间便落回水里，留下许多晶莹的水珠，水面上一圈圈美丽的涟漪。当我走过时，女人正给女儿讲鲤鱼跳龙门的传说，心里很是羡慕那小女孩，在妈妈的陪伴下，她会有着一个如童话般的童年。

一天傍晚，夕阳已经沉下许久，夜幕也渐渐垂下，我的两个女儿去外面玩还没有回来，便出去寻找。那个女人正带着孩子从外面回来，小女孩很有礼貌地和我打招呼，说看见两个小姐姐在公园里。正要去，女人忽然说："不用去了，她们回来了！"我向前面看去，果然，两个女儿正蹦跳着跑过来。

一个很热的夏日午后，我去河上的石桥看荷花，正巧那一对母女也在。女人正给孩子讲荷花，和她们打过招呼，小女孩便沿着桥栏自己看去了。我和女人闲聊起来，我说："你给孩子讲得真好，连我听了，都觉得这个世界竟这么美好！"她便笑，说她小时候，她的妈妈也是这么给她讲身边的一切，所以她才会认得那么多花，知道那么多鸟，还有那许多美丽的故事。

正说着，女人忽然惊叫一声，冲那边喊："别动！"然后飞跑过去，脚下几个趔趄，还是跑到了女儿身前，小女孩正攀上桥栏，大半个身子已经悬在桥外。女人一把将她抱下来，却也没有发火，只是额头上一层汗水，喘息了几声，才说："多危险，掉下去怎么办？谁带妈妈回去？"

这时围过来许多人，有人便说："呀，她眼睛看不见！"大家一片惊叹之声，我当时也很奇怪，真不知她是怎么知道女儿突然有危险的。只是，看着女人牵着女儿的手走远，心下便释然，那便是爱的奇迹吧，爱是最神奇的眼睛，看得见美丽，也看得见心中的所牵所念。

爱是最美的眼睛，所以，她看得见百花盛开，看得见鸟儿飞翔，看得见世间所有美好的种种。所以她的心里便清风明月，周围都是花香满径，向哪个方向走，都是最美的去处。

痛而不言，笑而不语

　　阳光洒在光洁的路面上，清晨的空气里带着清新的味道，燕小鸥拖着长长的影子出现在街角，艰难地向前走着，一步，两步，腋下的双拐随着脚步发出轻微而短促地咯吱声。她的脸上已经出了一层细密的汗，在朝阳下闪着淡淡的光晕。

　　每迈出一步，燕小鸥都会皱一下眉头，仿佛腿上的每一个关节都像是有针在刺。不远处出现了一个熟悉的身影，她立刻舒展眉头，慢慢地走过去，那个身影正挥动着扫帚，清扫着路边的落叶。燕小鸥的笑容如阳光般灿烂，响亮地打着招呼："大爷您早！"扫地的大爷转过身来，脸上挂着慈祥的微笑，看了看燕小鸥微微颤抖的腿，便过来扶她在路边坐下。

　　两个人面对着初升的太阳，坐在那里谁也没有说话，大爷满是风霜的脸上，一抹微笑如春风拂过无数山冈，于是沧桑的皱纹也生动起来。燕小鸥看得入了神，就像大爷看太阳看得入了神。当太阳转到一栋楼房的后面，斜斜地投过来一片影子，燕小鸥才拿起拐杖，大爷忙伸手搀她。站起来后，她说："我休息好了，要回去了，别担心，我能走回去！"大爷用不变的微笑送她离开。

　　走在回去的路上，燕小鸥才发现今天又比昨天多走出了十步。

她在心里默默地数着自己的脚步，从阴影走到阳光下，慢慢地没入街道转角处。而扫地的大爷也才收回目光，继续低头去扫那些不停飘落的叶片。

这是在这条僻静的街上，每天清晨都会上演的一幕。

等燕小鸥到了楼门前，我才从那边的小广场上跑过来，一边问："今天怎么样？比昨天多走了多远？"一边背起她，她伏在我背上，手里提着拐杖，高兴地说："多走了20步！这条街快走出一小半了！"我说："姑姑还在家里担心你呢！怕你摔倒！"她轻笑："我妈就是事多，摔一下又能怎么了，谁学走路没经历过摔摔绊绊的？"

16岁的表妹，年初的时候一场事故，导致丧失了走路的能力，卧床三个月后，腿才渐渐恢复知觉，医生说，必须要自己锻炼走路。开始的时候，我背她下楼，她拄着双拐一步都迈不出。可是即使如此，她也要坚持自己站在那里。几天之后，她终于迈出了第一步，虽然满脸淌汗，可是却高兴得大叫。她渐渐地能慢慢拄拐行走，我也放了心，她自己练自己的，我去那边的小广场和一群大孩子踢球。

可是有一天，燕小鸥就摔倒了，她没有喊我，只是想自己挣扎着站起来。可是如此简单的一个动作，她却难如登山，总是刚刚起身便复又跌倒。这个时候，扫大街的大爷便出现了，将她扶起。她腿上的血甚至渗透了裤子，可她没有哭，而是笑着向大爷道谢，大爷只是慈爱地笑着。她试着向回走，大爷并没有帮助她，只是用微笑鼓励她。

那天回到家，姑姑一个劲儿地埋怨她，她看着妈妈帮她处理腿上摔破的地方，笑着说："真好，我终于能体会到小时候学走路的感觉了！"

那天以后，便总能在清晨的那个时间遇见扫地的大爷，就在前方不远处。每一次，燕小鸥都要走到大爷身边问候一声，然后再回头向家走。渐渐地，她发现每天早晨，大爷扫地的位置都会向前移动一段，这样她几乎每天都要比前一天多走一些。她觉得这个方法真好，把目标分割成眼前的一小段一小段，便不会觉得那么无望。

时间一天天过去，秋天深了的时候，燕小鸥已经能挂着拐在那条长长的街上轻松地走一个来回，而那张微笑的脸也每天如约出现。燕小鸥开始丢了拐走，仿佛一个重复的过程，那个大爷就那么陪着她一段一段地向前延伸着路程。第一场雪落下来的时候，燕小鸥已经能够像正常人一样走路，她说她要开始练习跑步。然后她说起那个老人，说他的微笑有一种穿透人心的感染力，是他帮着自己走过那么多的艰难。

燕小鸥跑步的时候，我也跟着她一起慢跑，再到快跑，后来便是在那条街上跑上几个来回，每次经过那个大爷，我都同着燕小鸥一起和他打招呼，他则用不变的微笑迎着我们通红的脸。那半个冬天，那张笑脸也温暖了我的心境。

后来，燕小鸥完全恢复，可是每天早晨跑步的习惯却保持了下来。第二年春天的时候，有一个早晨她回来后，对我说："街上扫地的换人了，那个大爷退休了，回老家去了！我还没来得及和他好好说说话，还没来得及对多说几声谢谢呢！"

我说："你摔倒疼痛的时候，不和大爷说，等他走了才想起要说话。其实，就算你说了，他也只能听你说，你还不知道吗？他年轻的时候服错了药，烧坏了声带，再也不能发出声音了！听说他受了不少的苦，可是从没沮丧过！"

燕小鸥的眼里一下涌满了泪水。

不过我们都相信大爷的微笑永远不会改变，不管在哪里，不管经历怎样的事，都会一样的灿烂着。就像我小小的表妹，经历了那么多的疼痛却从不说，只是一步一步地向前走，迎着那张温暖的笑脸。

别吵醒了她

　　一直以来，爷爷说话都是轻声细语的，声音低得有时让人听不清他在说些什么。听父亲说，爷爷当年可是有名的大嗓门儿，和人说话就像吵架一样，能把屋顶掀起来。

　　变化是从爷爷快 60 岁的那年开始的，由于长年服用一种消炎药，他的听力渐渐地减退。别人对他说些什么，要大声地重复好几遍，他才能听个大概。一般耳朵背的人说话声音都大，可爷爷正好相反，他说话反而轻柔起来，原来震天撼地的大嗓门儿不见了。这都缘于奶奶有一次嫌他声音太大，说："我的耳朵迟早也被你震聋了！我睡觉的时候，你一说话我就准醒！"正是因为奶奶的这句话，爷爷把自己改变了。不但如此，当奶奶午睡的时候，他会禁止我们大声喧哗，怕吵醒了奶奶。

　　闲着没事儿的时候，爷爷和奶奶就坐在一块儿闲聊。他们老两口儿说话，旁边如果有人的话，一定会听得云里雾里。奶奶本来声音就小，爷爷根本就听不见，就看着奶奶的嘴形琢磨大概意思，然后跟着说。他的声音比奶奶还小，这两人就这样悄声细语地交谈，各自所说的内容却是风马牛不相及。有时我们在一旁会忍不住笑，他们两个也跟着笑。

有时家里来客人，客人知道爷爷听力不好，往往说话声会大一些。那样的时候，爷爷会连连摇手，并回头向里屋看，小声说："别那么大声，老婆子睡觉呢，别吵醒了她！"

也许知道了我们笑的原因，爷爷和奶奶的交谈竟由小趋无，发展到用写字来交流的地步。奶奶知道爷爷听不见她说些什么，又不愿意吵架一样地喊，便把要说的话写在纸上。没想到这样一来，竟勾起了爷爷写字的热情，他年轻时曾经练过书法。于是两人就像现在的学生在课堂上谈恋爱一样，纸条来往。于是家里那些废纸，包括我们用过的作业本，都派上了用场。我曾看过他们丢弃的那些纸片，上面多写着一些鸡毛蒜皮的小事，或者一些陈年旧事。有意思的是，上面偶尔也会写下一些他们吵架的记录。

奶奶的身体一直不好，而且患有很严重的神经衰弱，睡觉成了她最大的问题。她每天睡眠的时间很短，有时虽然感觉很困，却是极难入睡，好不容易睡着了，极微小的声响也能把她惊醒，醒后就再也睡不着了。她曾对我们说，她的最大愿望就是能安安稳稳地睡上个一天一夜，最好连梦都没有。所以，爷爷从奶奶说嫌他说话声大的那时起，就特别珍惜她睡着的时刻，巡逻于家里的每一处，告诫每一个人不要弄出动静来。我们起初都小心翼翼，后来就毫不在意了，往往惹得爷爷发怒，他发起火来也是把声音压得极低。

常常在深夜里，奶奶醒来后，爷爷仿佛有感应般地醒了，然后陪着奶奶开始纸上的聊天。经常是爷爷困得哈欠连天，也要坚持陪着奶奶。

后来，奶奶去世了，爷爷却没有太多的悲伤，只是喃喃地重复着："这回能睡个好觉了，再也没人能吵醒你了！"是的，奶奶终于可以不再被睡不着觉所折磨。没有了奶奶的日子，爷爷一下子沉默了，很少和我们说话，有时我们找他说些什么，他也没有反应，不知道没听见还是不理睬。他就这样沉默了，更多的时候，他拿着笔在一张又一张纸上写字，可能是怀念那些与奶奶纸笔交流的时光。

每次给奶奶上坟的时候，爷爷一进墓地，都会示意我们悄声，小声说："你奶奶好不容易睡着，别吵醒了她！"然后，他会从怀里拿出一大叠写满字的纸，在坟前烧掉。

爷爷不敢大声说话，也不让我们大声说话，就是怕吵醒睡觉的奶奶。可他至今也不知道，在他听力减退的第三年，奶奶已经完全失聪了，再也听不见任何声音。这是我们和奶奶一直对爷爷保守着的秘密。

腿和腿的相依

　　30年前，她和丈夫去山上打松子，都是30岁左右的年龄，爬几座山岭都不会觉得累。有一次打松子休息时，他们饶有兴致地去旁边的山坡上看伐树。她极喜欢听树倒时伐木工那嘹亮的号子，把一个"顺山倒"喊得悠扬至极。

　　那一天，正看着，正陶醉在满山回荡的号子声里，意外发生了。一棵高大的树木竟然倒向了他们所站的方位，巨大的树冠带着风声猛扑而来，他们一时惊得呆住。直到快要临身时，他才反应过来，拉起她就跑，她着急之下绊倒在山坡上。树干直奔她的腿砸过来，已经来不及拽她离开，他做出了一个让她感动多年的动作，他迅速趴下，将两腿护在她的腿上。结果比想象中要好许多，由于树倒下过程中先砸在一块石头上，所以，他的两腿和她的左腿只是骨折。

　　伤愈之后，他们再没去过山上打松子，只是常回忆起那个情景，于是她就说他傻，白搭上两条腿。他只是傻笑，也不辩解。日子平淡地过，她也变得越来越能唠叨，将儿女都唠叨大了离家远去，就唠叨他。觉得还是他好，怎么唠叨也不生气，不反抗。而引发她唠叨的欲望的就是他喜欢喝酒。开始时是每天三顿酒，后来发展到晚上睡前也要喝上一杯，否则就睡不着。她不论怎么管，采取什么样的措施，都难以将他的酒戒掉。

就这样渐渐步入晚年，在身体越来越弱的情况下，他的酒便喝得少了，还没等她高兴，他烟瘾却大起来。以前虽然也吸烟，可是好几天才一包，现在变成了一天一包，还有些意犹未尽。于是她的唠叨的技能得以继续发挥，且有越来越厉害的趋势。她有时是狠不下心来管他，每当天气有变化时，他的两条腿就会酸痛，于是她就想起当年的事，也就任他吸烟。

终于，他将烟酒彻底戒除了。她却一点也高兴不起来，因为他患了脑梗，是不得不戒掉。后来恢复得不错，却是走路有了困难，左腿不太听使唤，抬脚极困难，要很费力才能迈出一步，虽然拄了个手杖，却也是走得磕磕碰碰。可他却是每天都要坚持去外面走，医生说只有经常锻炼才能恢复到最好的程度。而这个时候，她并没有停止唠叨，为了让他听得更真切，她做出了一个让人瞩目的举动。

这对夫妇是我的邻居，和他们在一起已经住了十多年了，他们在山上的那次遭遇，我是在女人的唠叨中得知的。事实上，女人每天说的那些话，我几乎都能背下来了，真羡慕男人的好耐性。后来，我们所有人，每一天，都会看到奇异的一幕。他们两个人总是一起出门，在巷子里散步，靠得紧紧的，女人就在男人耳边唠叨，男人却是一副很享受的样子。第一次看见他们的腿，我差点乐出声来。女人的右腿和男人的左腿紧贴在一起，踝部用一根绳子绑着，极像幼儿园里小朋友们做的某种游戏。女人抬脚，带动男人抬脚，就这样一步一步整齐地向前走，伴随着一路的唠叨声。

只是，笑过之后却有了一种想哭的冲动。这两个人，他们的腿总是在最艰难的时候依偎在一起，那是一种再长的岁月也掩不住的深情。在夫妻间闹了小矛盾就会劳燕分飞的今天，他们绑在一起的腿、那脚步，每一步都会重重地踏在我们心上。于是，再听女人的唠叨便如天籁。

变矮的围墙增高的爱

　　这是一个很贫困的家庭，低矮的草房，高高的院墙却挡不住一家的愁绪。生活的艰难，他们都能承受，并有希望让一切好起来。可是一场变故，却让这个家庭再度蒙上厚重的阴影。

　　这个院子里的男孩，叫吴晓刚，一个 11 岁的孩子，已经足不出户一年多了。当初的一场车祸，使他失去了左腿，右腿也失去了一部分功能。为了安全和方便，当小学老师的妈妈便让他在家里学习。吴晓刚拄着一根拐杖，拖着另一条不灵便的腿，常常在院子里艰难地走着，看着围墙外面的天空发呆。终于有一天，他对父母说："我要出去，再也不想闷在家里了！"其实父母不想让他出去，怕他自己不安全，更怕他会被别人嘲笑，他们不想自己的孩子在身体的痛苦之外，再承受心灵上的负荷。

　　思考良久，父亲对吴晓刚说："你不能出去，在这里你也能学到别人学的知识！"可吴晓刚却固执地要求着。最后，父亲说："你知道，你的腿不方便，出去后会有很多麻烦的！"吴晓刚说："我什么麻烦都不怕，我只想到外面去！"父亲看了一眼院墙和儿子坚定的眼神，说："好，如果你能翻过这个院墙，我就让你出去！"吴晓刚看着那一人多高的围墙，低下头，艰难地走回屋去。

自那以后，父母发现吴晓刚再也没有提出过要出去，两人便放下心来，知道这个条件已经让儿子知难而退了。直到有一天，父亲在屋后的墙角下发现一些杂乱的痕迹，心便又提了起来。他也开始留心，有一天他从单位提前回来，没进院就听见里面传出一些声响。他悄悄地进门，绕到屋后，见儿子正艰难地向墙上攀爬着，却一次次地摔倒在墙下。看了许久，父亲的眼中慢慢地模糊了。

吴晓刚就这样偷偷地练习着爬墙，每天家里只剩下他自己的时候，他咬牙忍受着一次次跌倒的痛苦，却从不对父母说起。他就这样努力锻炼了一个多月，却是一点进展都没有，那围墙在他眼中似是高不可攀，艰难地用一条腿跳起来，却是连墙顶都够不到，如一道不可逾越的雄关。可他依然坚持着，渐渐地，他已经能一只手搭上墙头，这一进步让他振奋不已，觉得自己跳得比以前高了，这样练下去，总有一天会翻墙而过，走进自己所向往的世界。随着那道墙在眼中的不断变矮，他的信心与日俱增。

在一个夜里，吴晓刚从睡梦中醒来，忽然就听见院子里传来一阵轻微的响动。他下床却发现父母都不在房中，他隔窗向外望去，在明亮的月光下，看见爸爸和妈妈正骑在墙头上，用铲子正在往下铲围墙顶上的土。那一刻，他忽然明白这墙是真的变矮了。而且怕他看出来，父母在夜里把整个围墙都削矮了一圈，这样一来，时间长久，围墙比原来不知已矮了多少，只是他一直没有觉察而已。在窗后的黑暗中，他的眼泪悄悄地淌了一脸。

那一天，当他爬上墙头，坐在上面大喊父母时，看着父母一脸的惊喜，他激动地说："我知道我根本不能爬上来，是你们……"父亲说："孩子，关键还是靠你自己，这么高的墙你都能爬上去，以后还有什么过不去的坎？我和你妈也就放心了！"这一刻，小院里充盈着无尽的温暖与感动。

最美的一吻

　　女孩生下来就不会哭，在医院一检查，是很严重的脑瘫，医生说这孩子以后将不会行动、不会讲话，而且弱智。母亲一听当时眼前一黑，很多人都劝她把这个孩子扔了吧，再要一个。可是看着怀中孩子那张熟睡的脸，她把心一横，怎么也要把她养大，不管她是什么样子。

　　从此她便开始了艰难的生活，照顾一个生病的孩子，那是难以想象的辛苦。可这她都能承受，给她打击最大的，不是生活的艰辛，而是婚姻的破裂。丈夫不理解她，他不想要这个孩子，他想要个健康的孩子，可是她固执地养育着这个残疾的孩子。丈夫一怒之下便和她离婚了，从此，她的生活从物质到精神上都变得艰难起来。可她不管多苦多累，只要一看到孩子的脸心中便会平静下来，岁月在窗外流走，便也不觉得怎么苦了。

　　孩子长到七岁时，她已经有了白发。可是孩子还是那个样子，躺在那里，不哭也不动，就像一棵沉默着成长的树。变的只是大小，剩下的都没有改变。每天，她重复着不变的程序，给孩子喂饭、擦洗、工作，其余的时间，便陪着孩子说话，也不管她能不能听得懂。工作的时候，孩子自己在家，她把电视机整天开着，让孩子看。在这样的生活中，她从没想过会有什么奇迹发生。

可那一天夜里，她开灯给孩子盖被子时，看见孩子睁着眼睛，看见她过来，孩子的眼睛用力地眨着。她的心一热，这孩子毕竟是有知觉的。良久，两行泪从孩子的眼中淌出来，亮亮的。她也止不住泪水奔涌，孩子的嘴微微颤抖着，仿佛要说话的样子。她把脸凑过去，想听听孩子是不是真的想说话。忽然，她觉得孩子柔柔的唇在她脸上轻轻地吻了一下，虽然轻得几乎没有感觉，她的心却轰然一声，仿佛一个幸福的炸弹爆破开来。

那个晚上，她一直坐在孩子身边，看着孩子，任幸福的泪水流淌。孩子那一吻，像一朵最美的花，在艰难的岁月里忽然开放。直到此刻，她终于明白即使是这样的一个孩子，所给予她的感动与快乐，与天下所有的母亲相比永远也不会少。

眼泪这么近，背影那么远

　　第一次在众多人面前痛哭失声是在多年以后，我作为一名实习教师在听别的老师讲课的时候。当时那个老教师讲的是朱自清的《背影》，听着听着，我竟失控地哭出声来，惹得全班40多个学生都惊愕地看着我。

　　我想起的是娘，是记事时就知道有着一头白发的娘。娘不是我的亲生母亲，我的父母生了我，却没有养育我。娘是村里出了名的傻女人，那是真正的傻，整天胡言乱语，甚至连生活都无法自理。据说，是她给母亲接生的，她抱着我的那一刻，竟是出奇地平静。她的脸上流露出一种母性的光晕，却是大颗大颗地掉着眼泪。母亲生下我一个多月后，便被公安人员从那个山村带走，从此和父亲开始了漫长的刑期。而我，从此就成了娘的孩子，那一年，娘43岁。

　　当时村里人都认为娘是养不活我的，那么傻的一个女人，连自己都照顾不了，更别说伺候一个刚满月的孩子了。可是，村里人终于从震惊中明白，有我在身边的日子，娘是正常而清醒的。她能熟练地把小米粥煮得稀烂，慢慢地喂进我的嘴里；她能像所有母亲那样，把最细腻的情怀和爱倾注在我的身上。人们有时会惊叹，说我也许就是上天赐给她的良药。

娘来到这个村子的时候就是现在的精神状态，从此便在这里停留下来，为人们提供茶余饭后百聊不厌的话题。就是在这样的环境之中，我竟也顺风顺水地长大起来，而且比别人家的孩子都结实。从记事起，最常见的就是娘的白发和泪眼。听别人说，娘以前从没掉过眼泪，自从有了我，便整天地抹泪。我也是很早就知道娘和别人家孩子的妈妈不一样，她不能和我说话，更多的时候，她都是一个人自言自语，也听不懂她说些什么。她没有最慈祥的笑容，有的只是无穷无尽的泪水。我甚至感受不到她的关爱，除了一日三餐，别的什么都不管我，任我像放羊一样在野甸子里疯玩儿。正因为如此，我变得越来越不羁和放纵。

上学以后，我并没有受到什么白眼冷遇。这里的民风淳朴，没人嘲笑我，就连那些最淘气的孩子也会主动来找我玩儿，不在乎我有一个傻傻的娘。事实上，自从有了我之后，除了每日的自说自话和流泪，娘几乎没有不正常的地方了。印象中娘只打过我两次，打得都极狠极重。第一次是我下河游泳，村西有一条清清亮亮的小河，村里的孩子夏天时都去水里扑腾，我当然也去。从不管我的娘突然跳入水里，把我揪了上来，折了一根柳条就没命地抽在我身上，打出了一道道的血痕。我那时一点儿也不记恨她，只是不明白，我爬上高高的树顶去摘野果她不管我，我攀上西山最陡峭的悬崖她不管我，我拿着石头和邻村的小孩打得头破血流她不管我，只在那么浅的河里游泳，她却这样狠打。

还有一次，那时我已在镇上读初中了。有一天她到学校给我送粮，正遇见我在校门前和一个女生说笑。当时她扔了肩上的粮袋，疯了一般冲过来打我，我的鼻子都给打出了血。我虽然不明所以，可依然不恨她。那时我已能想懂很多事，也从别人口中知道了自己的身世。这样的一个女人，能把我拉扯大，供我上学，所付出的比别人要多千百倍。我感激我的娘，虽然我很少和她交流，可是我已经能体会到那份爱了。而且，天下的母亲哪有不打孩子的，况且她只打了我两次！

要说娘有让我反感的地方，就是她的眼泪了。不管什么时候什么地方，只要一见到我就哭，这让我从心里不舒服。别人家的孩子一个月回一次家，当妈的都是乐得合不拢嘴，而我的娘，迎接我的永远只有泪眼。有时我问她："娘，你怎么一见我就哭啊，不如当初你不养我了！"那样的时刻，她依然流泪不止，说不出一句话来。娘对我从没有过亲昵的举动，至少从记事起就不曾有过。她很少抱我，连拉我手的时候都没有。这许多许多，想着想着便也不去想了，娘不是一个正常的人，为什么和她计较这些呢！

在镇上上学，娘每月给我送一次口粮。她把时间拿捏得极准，总是在周六的下午一点钟准时来到学校门口，而那时我正等在那里。她把肩上的粮袋往地上一放，看上我一眼，转身就走。我常常怔怔地看着她的背影发呆，那背影渐行渐远，她间或抬袖抹一下眼睛，轻风吹动她乱蓬蓬的白发。每一次我都看着娘的背影消失在街道的拐角处，不期然间，那背影竟渐渐走进我的梦里。

考进县城一中后，娘来的次数便少了，变成了几个月一次。主要是为了给我送钱，娘自己是很难赚到钱的，那些钱，包括我的学费什么的，都是村里人接济的。那些善良的人们，自从我进入那个家门，他们就没有间断过对我们的帮助。高三上学期的一天，刚经历了一次考试，我和一个住校的女同学一边往宿舍走一边讨论着试题。到宿舍门前时，竟发现娘站在那里，风尘朴朴的，30里的路，她一定又是徒步走来的。她看到我还有我的女同学，愣了一下，猛地冲过来，高高扬起手，停了一会儿，慢慢地落在我的脸上，轻轻地抚摸了一下，那一刻，我的心底涌起一种巨大的感动。她从怀里掏出一卷钱塞进我的口袋里，又看了我一会儿，眼角渗出泪来，然后便转身走了。我转头对那个女同学说："这是我娘……"

　　那竟是我和娘最后一次见面，她在一个月后的一天夜里，静静地离开了这个世界，这一年，她62岁。我常想起最后一次见到娘时的情形，她用最温暖轻柔的一个抚摸，把她的今生定格在我的生命里。我考上师范大学的时候，回村里迁户口，乡亲们为我集资，并在小学校里摆了几桌饭，为我送行。席间，老村长对我讲起了娘的过去，这是我第一次看到娘的来路。老村长说，娘原本是邻乡一个村子的村民，丈夫死于煤井中，她拉扯着一个儿子艰难地生活，就像当初养活我一样。她的儿子上了中学后，由于早恋成绩越来越差，任她怎么管教也无济于事。到最后，她也就不去管了，可是后来，和儿子谈恋爱的那个女生感情转移，儿子也因此退了学，整日精神恍惚。她本来觉得时间一长就好了，可是终于有一天，这个孩子投进了村南的河里，淹死了。从那以后，她就变得疯疯癫癫，家也不要了，开始了走村串屯乞丐一般的生活。直到到了这个村子，她竟在这里安下身来。

　　那一刻，忽然就记起了娘打我的那两次，心中顿时恍然。就觉得曾被娘打过的地方，又开始疼起来，直疼到心里，我的眼泪落下来。以后的生活中，对娘的思念已成了一种习惯，常常于不觉中满眼泪水。我在每一条路上观望，蒙眬的目光中再也寻不见那个蹒跚的背影。娘当初的泪水如今都汇集到我的眼中，而那背影已是远到隔世。我最亲的娘，她的眼泪与背影，竟成了我今生今世永远都化不开的心痛。

为你珍惜每一缕风

她是一个很奇怪的学生，不仅仅因为她是个盲人。

在这所大学里，她也许是在户外时间最多的人。她特别喜欢有风的日子，她时常伫立在树下，听长风吹响每一片叶子。春天的时候，她在田野里追逐随风流淌的花香，在夏日的阳光下捕捉每一丝清凉的感觉，或者于收获的庄稼地里把金风记取，或于天寒地冻中享受北风夹着雪花打在脸上的微痛。

没有风的时候，她会散开头发，奔跑在无人的旷野，让长发在脑后飘扬，她用自己的速度创造了长风。在她的窗外，挂满了风铃和风车，漫漫的夜里，叮咛之声与风车的转动会进入遥远的梦。

没人知道她为什么这样衷情于风。人们只是猜测，对于看不见世界的她，风也许能给她最直接的感触。

是的，的确是这样。在很小的时候双目失明，黑暗的世界让她无所适从。是一阵阵的清风让她清醒，让她沉醉，在风中，她能感知到身旁的所有美好与温暖，就如自己的思绪风般飞扬，无羁无绊。

小学的时候，母亲病故。在最后的时刻，母亲对她说，孩子，不要难过，我死后就会变成风，在你的身边，无处不在。就是这样的一句，让她对风有了更深的依恋。在风的流淌之中，她仿佛能感受到母亲的气息，仿佛能听到母亲依依的低语。她深信母亲真的化作了风，陪伴在身畔。要不，在伤心时，风怎么会如母亲的手，为她擦干泪痕；在愤怒时，又如清水让她暴乱的心渐渐平静。喜悦时的欢快，痛苦时的轻抚，也只有母亲能够做到吧！

那个秋天，当她的情感失落在无边肃杀之中，仿佛连心中的世界也变得暗无天日。她泪水奔涌，在草枯花谢的大地上，让心也随之凋零飞散。她不顾前面的坎坷与泥泞，大步地奔跑着，跌倒再爬起，随着脚步风也大起来，吹在脸上，头脑渐渐冷却，心也慢慢宁息，宛如天地间只剩下了寂寂的足音，只剩下了不断的长风。

忽然明白母亲真的一直都在，给她抚慰，给她温暖，给她希望和勇气。是的，只要奔跑的脚步不停下，风就不会停下，母爱就无止境。

那一天，她回去后，听着外面的风铃声声入耳，在日记中写下这样一句话："妈妈，我会为你珍惜每一缕风！"

等

　　太阳刚刚探出个头，大地上就光彩重生了，田里的庄稼仿佛从梦里醒来，精神抖擞，披着一身的露珠。胡婶早早地站在村东的路口，花白的头发上金色的阳光欢快地在跳舞。她本来有些佝偻的身子也仿佛庄稼一样，挺直了些，眼睛直直地望着土路的尽头。

　　不知过了多久，反正太阳已经升到了玉米秆的尖儿上。这时，远远的路上，腾起一股浓浓的尘土，胡婶略略后退了一些，用手拢了拢头发。一辆大客车腾云驾雾般地开了过来，在她面前鸣了下喇叭，便驶了过去。怔怔地看了会儿，胡婶的腰又弯了下来，待飞尘散尽，她似乎不知该做些什么，一会儿看来路，一会儿又看去路。这时，儿子从村里跑出来，喊："妈，回去吃饭了！"

　　胡婶这才像重拾了魂儿，慢慢地踱到儿子身边，母子俩踩着一地的阳光，向家走去。儿子问："妈，你一大早上这儿来干啥？"胡婶眼里亮了一下："等你爸爸回来！"儿子笑："我爸早晨去铲地，早回来了，咱家的地在西头，你跑东头来等啥？"

　　这是胡婶第一次出来时的情景。那以后的每一天，她都会早早地在太阳升起前来到村东头的路旁。那个时候，要早起去田里忙活的胡叔，也是刚刚起来。有时，天下雨，也挡不住胡婶，只在头顶蒙一件衣裳，站在雨里，直到看那趟汽车开过去，才在儿子的呼唤声中回家去。

在家里，胡婶看见胡叔，也没有什么惊喜的表情。直到吃过早饭，胡婶才会像想起什么，去洗脸，然后到院子里喂鸡。这个时候，胡叔笑眯眯地在一旁看着，问："我在家呢，还天天去村东头等我？"胡婶也笑，嗔道："没良心的，早知就不等你了，让你回来找不到家，找不到我！"满院的鸡在撒欢儿着吃米粒，胡婶回头瞥一眼胡叔，说："歇会儿去吧，一会儿还要去地里干活！"儿媳已经开始往屋里抱柴火，准备午饭。

胡叔在床上歪了一会儿，和胡婶闲唠会儿，就起身，扛上锄头，去田里。太阳已经热起来，胡婶在门口看着胡叔走出村口，才叹口气，转回身来。仿佛一下子抽走了精气神儿，眼里也朦胧起来，念叨着："今天没回来，明天早晨一定该到了！"

于是第二日，还是重复着头一天的经过。一个夏天这样过去，半个秋天也这样过去。胡婶眼中的路上尘起尘落，胡婶眼中的庄稼也是绿了又黄，那辆车也是来了又去，终于有一天，胡婶的身影没有出现在清晨的路口。胡婶病倒在家里，一病不起，病入沉疴，弥留之际，握着胡叔的手。那是一个上午，正是每天里吃过早饭的时间，胡婶眼中依依不舍："再不能去等你了，我到那边等吧。你歇会儿，一会儿还要去地里干活！"

这个上午，胡叔没有在胡婶的目光中去田里。他一直看着胡婶的目光重又蒙胧，紧握着她的手，看到她眼中重又亮了一下，手也被紧握了下，然后，胡婶闭上了眼睛，手也慢慢地松开。胡叔犹若未觉，仍紧紧地攥着，一脸的眼泪。

胡叔年轻的时候，刚刚结过婚便离开家，去随着县里的工程队四处干活。他写信告诉胡婶，回去的时候，一定带回很多钱，坐着汽车。于是每天的早晨，胡婶便开始盼着望着。后来，胡叔回来了，没有坐汽车，也没有拿回来钱，一直闷闷不乐，好长的时间才缓过来。胡叔再没离开家，像所有的庄稼人一样精心地种地，只是胡婶知道他心里一直不安生，因为当年答应自己带钱回来，要坐着大汽车。

一年年过去，胡婶在去年的时候得了间歇性的老年痴呆症，随着一天天的发病，每天清醒的时间也越来越短。今年的时候，她只有每天上午吃过早饭的一小时才是清醒的。而她从今年夏天开始，她就早早地起来，去村东头的路边，等着本应许多年前开过来的大汽车，等着那个日夜想着的人。

而胡叔，也是每一天都等着吃过早饭的那一小时，好和胡婶说一说自己心里的话。

想和姐姐得同样的病

　　那是松花江畔的一个小村子，不贫穷也谈不上富裕，只是能维持温饱。但是如果发生什么意外，比如家里有人得了什么疾病，那么生活状况就会急转直下。

　　有个扶贫考察团来到这个村子，想看看如何能让这里的人搞些副业，让生活更好一些。还没进村，他们便被一个七八岁的小男孩吸引住了。那个男孩在村外的野地里野马一样四处跑着，一会儿追蝴蝶，一会儿扑倒在地上逮蚂蚱。他们叫住男孩，问："你怎么不去学校上学？"那男孩紧盯着一只飞过的蜻蜓，说："我妈说这几年家里没有钱，等过两年再让我上！"大家来了兴致，说："可以带我们去你家看看吗？"小男孩痛快地答应了。

　　一个很普通的农家院，几只鸡在墙角觅食，一头猪在栏里边拱边叫。一进房门，大家的心都一沉，这是怎样的一个家啊！外屋只有一个灶台，里屋只有一铺土炕，其余便什么都没有了。炕上坐着一个十四五岁的女孩，正拥着被看一本书，见进来这么多人，很有礼貌地和大家打着招呼。小男孩说，这是他的姐姐。这时，男孩的父母进了屋，一对老实的庄稼人。在他们的讲述中，大家渐渐明白了是怎么一回事。

原来这个女孩刚上初中时便得了一种病，先是不会走路，然后又脚渐渐失去知觉，而且随着时间的推移，失去知觉的部分也越来越大。父母变卖了家里所有值钱的东西，又东挪西凑了一些钱，一次次带她去看病，走遍了县城和省城的大小医院，却都不能确诊。后来有人告诉他们，别带着孩子折腾了，就是去北京也不见得能治好。留些钱给孩子买些药维持吧！就这样，他们把女孩带回家，她就整天靠着墙坐在炕上，看书，到时吃药。

　　女孩的母亲说："我家的小子很淘气，屋里圈不住，原打算让他上学，让老师管一管，可是钱都花在他姐姐身上了，就得让他再等两年了，等条件好点儿了再让他上学！"

　　临出门时，父亲拿出一个苹果递给女孩，那男孩眼巴巴地瞅着，女孩把苹果掰了一半给弟弟，可他却不要。

　　在院子里，大家问男孩："你有什么愿望吗？"

　　大家想他一定会说想上学，可是他却回答说："我想和姐姐得同样的病！"

　　大家愣了一下就明白了，小男孩一定是看到姐姐得病就可以吃到许多好东西，所以才这么说的。可是小男孩接着说："我每天都想跑出去玩儿，不想待在家里。姐姐有时拿出书，给我讲小学的课，可我就是想出去玩儿，管不住自己。要是我也得了那个病，就可以整天坐在炕上，听姐姐给我讲课了，姐姐也不用一个人总是看书了！"

　　一刹那，所有人的心都被震撼了，大家眼里噙着泪花离开了这个小村，同时也下决心一定要帮这里的人们过上更好的生活。因为无论怎样贫穷，有爱就有希望，这是他们从那个小男孩的身上所看到的。

有爱岁月暖

第三辑

电话里的爱

　　有一次去一个朋友家吃饭，他租住的是一间很小的屋子，和房东老大娘对门。吃过饭，天已经快黑了，正闲聊着，忽听房东大娘在那个屋里打电话。声音很大，几呼是喊着："闺女，我这几天很好，前几天去检查身体，啥毛病没有！你在那边也要注意身体，天冷，多穿些……"和所有母亲一样，零零碎碎地叮嘱了许多。

　　朋友告诉我，大娘的耳朵不太好使，别人和她说话都要喊着，她才能听见。所以她也因此有了这么大的嗓门儿，她女儿在外地，总听她打电话给女儿，每次都是说这些事儿，倒是没听见过她女儿给她打过来电话。大娘还在那里说着，我却涌起一种感动，想到了自己的母亲。母亲也是总给我打电话，而我却很少主动打给母亲。

　　我们都不再说话，倾耳听着大娘说着那些琐碎的事。我们都于无言中感受到了一种温暖，就像身处千里外的家中。忽然，大娘的话停了一下，我们以为电话结束了，这时，不知大娘怎么弄的，就打开了免提，我们清楚地听见电话那边传来的声音："您好，您拨打的电话已停机。"我们都愕然，原来，大娘一直听不见那边在说什么，只是自己在说。

夜已经降临，大娘的声音仍在飘荡。

二

曾经在街上遇见过一个奇怪的人，别人都说她精神失常，40多岁的样子，整天在垃圾箱里捡吃的。她时常有一个很怪异的举止，手里拿着一小块儿木头，若是看见路上有谁接电话，她就会把木头举在耳边，也呜里哇啦地说一通。

都能看出她拿着那块儿木头，也是当电话在打，大家都当成笑话看。我当时觉得挺奇怪，就走近了些，想听清她到底说些什么。听了半天，也只是零星地听懂几个字："儿子……找……有车……小心……血……"在她极不清晰的语句中，只有"儿子"和"有车"说得最标准。

我努力地想从有限的几个词句去拼凑属于她的故事，无数种可能，终究是无法构成完整。可是我却相信她虽然是一个精神不正常的人，虽然做着别人不理解的事，但她却是一个母亲，也有着对孩子最无私的爱。

妈，我把药买回来了

那个 6 月的一天上午，冬子走出家门的时候，心里很是兴奋。因为妈妈终于让他出来做事了，这还是第一次。虽然他已经 12 岁了，虽然他已经上小学一年级了。

就在十分钟之前，卧病在床的妈妈把冬子叫到身边，说："妈妈头疼得厉害，你去帮妈妈买盒药！"然后妈妈将药名重复了十遍以上，让冬子记住。又叮嘱他先去鞭炮厂找爸爸要钱，再去药店，路上注意躲车。临出门前，妈妈还告诉他："一定要买回来，别买错了，要不妈妈就疼死了！"

冬子轻快地向鞭炮厂走去，边走边背着药名，怕忘记。找到爸爸，爸爸给他拿了钱，并夸奖了他，又细心地嘱咐一番，才让他离去。顺利地买了药，冬子想了想，觉得应该把剩下的钱给爸爸送回去，便又回到了鞭炮厂。他心里很是激动，终于能帮妈妈做些事了。走进厂子大门，他右手高举着药盒，脸上的笑容灿烂无比。就在这个时候，惊天动地的一声巨响，然后就像被什么东西砸倒在地上，他忙看手上拿的药，却发现药盒没了，而且，连右手都不见了！再然后，冬子就昏了过去。

鞭炮厂仓库的大爆炸，夺走了冬子父亲的生命，也将冬子的右手化为虚无。在医院里清醒过来的时候，姑姑正坐在他身边，冬子看着秃秃的右臂大哭，喊："药呢？我给妈妈买的药呢？"这个时候，他还不知道自己失去了比药更宝贵的右手。她对姑姑说："我还去买药，妈妈在家头疼呢！"

出了院的冬子才知道爸爸死了，才知道妈妈得知他们出了事情后，急痛之下发病也死了。可他却固执地认为，妈妈是没有吃到自己买的药才死的。冬子从此成了孤儿，生活在姑姑家。过了一年，冬子13岁了，依然在上小学一年级。每天放学，他都会去药店门前转悠一会儿，嘴里念着那个已经念了一年的药名。他甚至捡那些饮料瓶换钱，去买那种药，他的书包里，有许多盒药，可是却再也找不到妈妈。

14岁的时候，冬子还在上一年级，书包鼓鼓的，除了书本就是药盒。下课的时候，他会问同学们："你妈妈头疼吗？我这儿有药！"同学们嘲笑他，将他的药扔得满地都是，他自己慢慢地去捡。药给不了自己的妈妈，他开始想把药给别人的妈妈了。

再后来，冬子慢慢恢复正常，终于在20岁的时候读完了小学，又用了一年的时间读完了初中，用两年读完高中，便告别了校园。又打了几年的工，其间又自学了许多药物的知识，最后在市里一家大药房当营业员，对于各药品和相关说明书倒背如流。

冬子出生后智力发育缓慢，医生说，要到20岁之后才会达到正常人的标准。12岁那一年，他的智力相当于五六岁的儿童。

每一年3月的那一天，冬子都会去父母的坟上，烧过纸，拿出一盒药和三元钱，说："妈，我把药买回来了；爸，这是找回来的钱！"

告诉他我来过

南风初起，柳絮飞扬。11 岁的赫儿坐在窗前，阳光明媚，照在她微笑的脸上。长长的清风吹动着她的头发，她回头对妈妈说："你告诉过我，我们是从南边来的，所以我喜欢南风！"

赫儿最大的愿望就在浩荡的南风里恣意奔跑，可她不能，她常看着镜子里紫红的嘴唇，看着自己的指尖也泛着紫色，就会轻轻地叹息。严重的先天性心脏病，已经如影随形地跟着她 11 年。医生说，过了 16 岁，就可以做手术了。她每天起得很早，慢慢地走过那条并不长的路，去上学。课间操的时候，她站在走廊里，看着那些同学站着整齐的队伍，如鸟儿般欢快地做操。心也似欲飞欲舞，如校园杨树上那些在阳光下欣喜的叶子。

现在她已经极少去问妈妈，自己的爸爸到底在哪里。早已不再相信妈妈的谎言，她也努力克制着自己不去激动，不去愤怒，她要让心平静，她要活到 16 岁。她知道爸爸在远方活着，她现在已经不去恨他，她的愿望越来越简单，从最初的全家团圆，到只要爸爸能来看她一次，到现在只要活着，成长的过程中，她用平静去呵护自己残缺的心。

有一次，一个同学问她："赫儿，怎么从不见你爸爸来接你？"

赫儿微笑："我爸爸在很远的地方工作，他说等条件好了就接我和妈妈过去！"她就这样告诉着同学，也告诉着自己。

闲暇的时候，赫儿便看书，家里的藏书她几乎看遍了。有时候，心烦得厉害，赫儿便上网，在 QQ 里，她扔下无数只漂流瓶，都写着同样的一句话："谁能告诉赫儿，她的爸爸是谁？"可是一天一天，收获的只是一些美好的祝愿。其实，她所要的也只是这些祝愿，她天真地想着，收集到了足够的祝福，奇迹就会出现。

在赫儿的心底，还是有着一个答案的。八岁那一年，家里来了一个陌生的叔叔，和妈妈很开心地说着话，还给她带了礼物。在她的心底，面对这个叔叔，有着一种很奇怪的亲切感，她就想，这可能就是自己的爸爸吧！那一天，她一直盯着那个叔叔看，很少说话。叔叔走后，在巨大的失落感中，她问妈妈："他是我的爸爸吗？"妈妈断然否定，然后拥她入怀，再一次告诉她，爸爸早已经不在人世了。

有一天上课的时候，赫儿便觉得很难受，胸闷得像要炸开，连呼吸都困难起来。在医院里，看着她苏醒过来，她冲着妈妈笑，说："没事了！担心什么，又不是第一次了！"可是，这一次之后，她便经常犯心脏病，有好几次都徘徊在生死边缘。妈妈决定，要带她回南边看病。赫儿便问妈妈："是去咱们来的地方吗？"妈妈点头，赫儿便笑，终于可以回到自己的出生地了，可以回到故乡。她知道那个叔叔就在那里，可以和他在同一片天空下就好，即使妈妈说那并不是爸爸。

在火车上，赫儿装作无意地问妈妈："那个叔叔会来医院看我吗？"妈妈说，和叔叔虽然同一个省，却不是同一个城市，不想麻烦他了。赫儿听了，便转头去看窗外飘摇远去的风景，不让妈妈看到失望的眼神。

躺在病房里，虽然有医生的全力治疗，赫儿依然每天都会发病，且一次比一次重。她深紫的嘴唇，像盛开的牵牛花，全是呼

有爱岁月暖

第三辑

唤的形状。可是呼唤着谁，只有她自己心里知道。

　　一个上午，盛夏的阳光如花绽放。赫儿经过了夜里的挣扎，再次平静下来，她看着憔悴的妈妈，说："那个叔叔真的不是爸爸吗？我只问这一次了！"妈妈抱着她瘦小的身躯，说："他不是，他真的不是！可是他也很喜欢你，他说他会来看你！"赫儿努力地微笑："妈妈，没事的，有你在我就很幸福了！你要让那个叔叔快些来啊，我很想他！"

　　她要来妈妈的手机，登上QQ，打开漂流瓶的界面，又扔了几个瓶子。然后闭上眼睛休息了会儿，对妈妈说："叔叔来的时候，你要叫我，我要告诉他，我真的很想他！"她只睡了一小会儿，便醒来，妈妈坐在身边，一脸的疼爱。她拉着妈妈的手："妈妈，我很幸福，你也要幸福。我舍不得你，也舍不得爸爸！"

　　赫儿睡了，脸上带着微笑。她不去等了，因为她觉得很幸福，所以她安静地睡下了。只有那几个漂流瓶还在天涯海角地流浪，瓶子里有一张纸条，上面写着："如果遇见赫儿的爸爸，请告诉他我来过，告诉他我很想他，告诉他我很幸福！"

你能笑一次吗

　　从记事起，她就从来没见爸爸笑过，问妈妈，妈妈却说："爸爸有病，不会笑！"她很是不理解，会有什么病能剥夺一个人笑的权力？但她知道爸爸是极疼爱她的，有时候她就求爸爸："爸爸，你能笑一次吗？就一次！"可是爸爸真的笑不出，她就用两只小手揉搓爸爸的脸，揉成各种笑脸的形状。

　　渐渐长大后，她才知道爸爸的面部神经萎缩，根本控制不了肌肉，那些肌肉就常保持在一个收缩状态，显得很僵硬。有时候她依然会撒娇，让爸爸笑一次，然后依然用两手去轻轻按摩揉抚爸爸的脸。每次全家人坐在一起看电视，遇见好笑的节目，她都会注意到爸爸，爸爸的眼中全是喜意，虽然面无表情，见她看过来，就嘴里发出笑的声音。那样的时刻，她心里的欢乐就会黯淡许多，有一种淡淡的伤感漫上来。

　　有好多次，她曾发现爸爸在偷偷地对着镜子，想努力改变一下面部表情。她知道爸爸是想能真正笑一下，为自己的女儿。有一次，她对爸爸说："爸，你不用勉强自己，我知道你心里是笑着的，就行了。我也会一直让你在心里乐开了花，好不好？"爸爸的眼中闪着幸福而喜悦的光芒。

　　她结婚的时候，一想到从此要进了别人的家门，离开爸爸，她就难过得直掉眼泪。爸爸轻轻地拥着她，说："乖孩子，爸爸心里乐开了花了，你还哭什么呀。这么大喜的日子，要开心，爸爸才能心里笑！"她抬起头，强忍眼泪，冲爸爸笑。

　　后来爸爸就患了绝症，才 50 多岁的年龄，这个时候，她才知道世界上还是有比不能笑更可怕更折磨人的病。那些日子，她真的一点也笑不出来，虽然知道爸爸希望看到她的笑。许多日子不曾笑过，她想起了爸爸终生不能笑，可是，爸爸心里是快乐的，而自己，不笑，心里却充满了悲伤和无助。她想，只要爸爸能好好活着，就算他不笑，她也会是幸福的，她不会再去要求爸爸笑了。

　　爸爸到了弥留之际，她俯在病床边，心中痛得无以复加，却又是那么无力，无力留住爸爸正在消散的生命。爸爸看着她，她想努力地笑一下，却是一个比哭还要勉强的表情。爸爸小声说："爸爸要走了，可能爸爸真的能对你笑一次了！"脸上收缩的肌肉慢慢展开，爸爸就带着这样一个微笑的表情，永远地闭上了眼睛。

　　爸爸真的为她笑了一次，而这最后的微笑却永远地刻在了她的心上。她时常会沉浸在爸爸的笑容里，轻声说："爸，我会一直好好的，让你心里永远都乐开花！"

风般清，水般静

　　月光透过窗子斜斜地投在对面的墙上，她悄悄从床上坐起，循着光影去看天上的半轮月。只有这样静谧的时分，她才能开启心扉，让隐秘的心事飞散，让朦胧的月色涌入。

　　她原本拥有着那样平静的生活，只是两年前的一场火，把所有的往昔全烧成了灰烬。那时，16岁的她生活在东北平原上的一个小村里，上初中，长得漂亮，学习也好，家庭条件也还过得去。只是在一个傍晚，她在做过饭后，将剩下的柴火抱回院墙外的柴火垛里，转身没走上几步，火就着起来了。她惊叫一声，扑回柴火垛。

　　在这个离故乡几千里的城市，她已经挣扎着生活了近两年。工厂里所有认识她的人，都会注意到无论冬夏，她都戴着手套。是的，她不敢把双手展露在别人面前，那已经不能算是一双手了吧，和她的人形成极鲜明的对比。她整日沉默，独来独往，友情和爱情只是一种传说。

　　她早就发现了家里最大的秘密。有一个早起的清晨，她看见母亲将一个铁盒子塞进了柴火垛里。没人的时候，她曾偷偷打开过那个铁盒，家里所有的钱都在里面！那时她的心里是兴奋和幸福的，原来家里有这么多钱。也曾想过把钱藏在柴火垛里，会不安全吧！所以，见到火着起的时候，她一下子就想到了那个铁盒，虽然等她跑到近前火已燃成一片，她还是毫不犹豫地把手伸了进去。

打工的日子是艰苦的。那些疲累不仅仅是来自工作，漂亮的女孩子，总会有些麻烦的。有些人还别有用心地接近她，虽然她用冷漠保护着自己，可风言风语四起，那种压力，甚于身体上的倦。也有女同事的嫉妒与敌视，还有种种关于她的猜测，所享受平静的时刻只有寂寞的午夜。每隔一段时间，她都要乘几小时的火车去相邻的一个城市，把一些钱寄回家里，再匆匆赶回，只是不让家人找到自己。

当她的手抓到那个铁盒时，一阵刺心的痛险些使她昏厥。可她没有放手，硬是将她捧了出来。人们都跑过来，火很快熄灭，她哭着对母亲说："妈，是我不小心弄着火的，这个盒子我抢出来了！"母亲打开还烫手的铁盒，里面飞扬出一片片纸灰，还有一些零碎的边边角角。盒子落到地上，母亲仰天倒地。父亲的拳脚也雨点般落在她身上，还有，世上最难听的辱骂。她在地上翻滚，没有人注意到她的手。

也曾有男人真心地喜欢她、追求她，她只是无语，然后，慢慢地脱下手套，将两手平静地伸到他们面前，然后，转身离去。也曾希望身后的人能出声将她挽留，可看到他们眼中那一刻的震骇，她就已经将自己的门锁死了。她租住在城市边缘的一间小土房里，无人知道的时刻，她翻烂了的是从家里带出的初中课本。与其说那是一种希望，不如说是一种怀念，一种祭奠。

她在被父亲殴打的时候，围观的人没有一个出来拉开父亲，那些指责声却清晰地传入耳中。而母亲，因所有的钱一下全没了，竟病倒了。那一刻，她心上的痛使得手上的痛和身上的痛没有了知觉。她在父亲打够了之后，在没人注意的时候，来到村外的河边。头顶的月亮正圆，映得河水亮亮的，如脸上淌着的泪。有风吹过，带来庄稼的清香，风将平静的河水刺得支离破碎。

她常常会回想起那夜的风和小河。于是她喜欢在大风天跑到城郊的山上去，在无边的浩荡里任思绪飞扬。也喜欢闲暇时去城南的河畔，坐在那里，看一河流水静静东去。那风中，蕴含着千般感觉，或芬芳，或温暖，哪怕寒冷，哪怕尘沙，风依然那般清，在看不见的周围无处不在。而那河水，平平静静中却长流不绝。

终是没有死成。虽然父亲向她道歉，虽然母亲对她流泪，在她养好双手之后，依然离开了家。那时候对父母就已经没有了怨怼，有的只是一种疼痛。她发誓一定要把烧掉的钱挣回来，可是，自己的无忧的青春，无瑕的双手，却再也找不回来了。

那一天，下班后她在工厂的门口，竟看到了两个熟悉的身影。两年时光，如一张纸翻过，他们终究还是找来了。刹那间，泪眼凝望，她痛哭失声，多苦多累都不曾掉过一滴泪的她，那一刻泪如泉涌。

终于回到家中，一切都没有改变。父母在寻她的同时，并没有荒了生计，他们不想让女儿回来后，看到一个破败的没有希望的家。母亲拿出一本红红的存折，说："我再不把钱往柴火垛里藏了，要是早这样，你的手……"

她笑出了两行泪。站在昔日的河边，风清水静，仿佛什么都一如从前。只是暗香浮动，水逝无痕，生活依旧温暖。

温暖的手套

在沈阳上大学时，我曾认识一个外系女生，叫阿瑶，来自吉林。第一次见到她时，是在她的宿舍。当时她正坐在床上专心致志地织手套，普通的毛线，淡紫的颜色，她织得极慢，一针一针，仿佛那针有千斤重。而那只手套，刚刚织到分手指的位置，可以看出是一只左手的手套。

第二次去阿瑶的宿舍，已经是在两周之后，她仍坐在床上织手套，还是淡紫的毛线，还是那只左手的，五个指头刚刚织出了一点。我笑着说："你的速度也太慢了！真是精雕细琢！"她抬头笑了笑，并没有说话。

后来，我和阿瑶渐渐熟悉，去她宿舍的次数也多了起来，每次见到她，都是在织那只左手的手套，仿佛永远也织不完一般。终于有一天，我看见她织的手套并不是原来的那只，因为这只手套刚刚织到手指分叉的位置，还是左手的，和原来的那个一模一样。我问："你不是又拆掉重织的吧？"她说："才不是！"然后，她从床下拿出一个小衣箱，打开来，里面全是手套，有20只左右，都是淡紫色的。原来她织了这么多，其实是织得太快，以致让我觉得她总是在织那一只。

我仔细地翻看着那些手套，忽然觉得有什么不对，再一看，吃惊地发现那些手套竟然都只有左手的那只！我惊讶地问："阿瑶，怎么只有左手的？"她淡淡地说："这些手套都是给我爸爸织的，他只有一只左手！"一时之间，我不知该说些什么，只是怔怔地看着那些手套。

当阿瑶织够了30只时，我陪她去邮局给她爸爸寄这些手套。路上，她告诉我，她爸爸是为了救她才失去右手的。那时，阿瑶才十岁，她爸爸在县城里的纸箱厂工作。有一个周日，她去爸爸的厂子玩儿，纸箱厂的生产车间不休周日，她便在车间里看着各种机器设备的工作过程，觉得十分有趣。其实生产车间是不准随便进入的，她是偷偷溜进去的，由于她个子小，谁也没有注意到她。看来看去，觉得还是爸爸操作的切纸机最好玩儿，那么厚的一摞纸壳，切刀落下来，便齐刷刷地被切开了。这是一种老式的切纸机，并不是封闭的，可以看见闪亮的刀口。她越看越觉得有趣，很长的纸壳从流水线上传过来，便被切成一段一段的。她越靠越近，抬起头来看那锋利的刀口，手却不知不觉地按在了纸壳上。这时她爸爸转过头来，正看见这一幕，惊骇之下已来不及停下机器，他冲过去，左手拽住她的衣服，而切刀正飞速落下，她的手还按在纸上！爸爸情急之下，用右手向上一挡切刀，左手向后猛拉。她被拉开了，而切刀落下，爸爸的右手被切断了。

我听得惊心动魄，阿瑶也淌下泪来，她说："我家本就贫困，爸爸却因此失去了工作，还成了残疾。后来，伤好之后，他便去砖厂干活，往小推车上装砖坯。砖坯又沉又硬，把他的手磨得不知脱了多少层皮。发的手套太薄，用不了几天就磨破了。我上初中起，便天天给他织手套，这样，他的手就会暖些，少被磨些！"

我的心一片濡湿，忽然明白阿瑶爸爸那举手一挡，心中完全没有想到自己的危险，而阿瑶，这些年来一针针又把多少对爸爸的疼和爱织进那一只只的手套之中！我知道许多年来这是让我感动最深的时刻。看着那些只有左手的手套，忽然就体会到了他们父女间那份深深的爱。是的，有了这样的爱，就算生活再艰难黯淡，生命也是温暖的！

有爱岁月暖

第三辑

心中的足迹

女孩小的时候，便发现了爸爸的脚和别人的不一样，别人的脚都是整整齐齐的，而爸爸的脚却有一只是横着的，走起路来一拐一拐的。那时她喜欢骑在爸爸的脖子上，让他驮着自己去野外。随着爸爸身体的起伏，她看到周围的一切都是跳动的，她喜欢这种感觉。

那时家里穷，冬天的时候，爸爸便去村外的野地里割那些干草，一干就是一天。中午时妈妈做好了饭让她给爸爸送去。村里去野外打草的人很多，可她每次都能很快地找到爸爸。因为在白茫茫的雪地上，爸爸的足迹是和别人不一样的。那两行脚印一横一竖，沿着走下去，总能看见爸爸忙碌的身影。

总有小朋友嘲笑她，说她有个残疾的爸爸，还夸张地学着她爸爸走路的样子。可她一点都不自卑，在她心中，爸爸是无人能比的。相反，她觉得爸爸的脚印是一个特殊的标记，无论走到哪里，她都能找到他。

后来，她渐渐地长大了，爸爸在眼中越来越憔悴低矮了。爸爸从不对她讲什么大道理，只是用自己的行动告诉她做人的道理。那年村里的养鱼池坝口开了，水连同鱼都漫到了周围的大地上。村里人都争相去捡鱼，而爸爸却没有去，虽然家里快一年没有尝到鱼腥了。从那以后她就知道不该拿的东西就不要去拿，虽然诱惑是那样的大。

那年她在镇里读中学，每周回一次家。有一次她有些事，快到村子时天要黑了。正是冬天，她忽然就在雪地上看见了爸爸的脚印，来来回回的有好几行。她加快了脚步，爸爸果然在不远处向这边走来。那一刻她的泪就流下来了，爸爸见自己这么晚没回来，不知在这路上走了多少趟！

她考上大学那年，爸爸却因一场意外事故失去了一条腿。她急急地赶回家，在炕上，拉着爸爸的手哭。爸爸从此再不能走路了，那独一无二的足迹自己再也看不到了。爸爸笑着给她擦眼泪，说："孩子，以后你再也不能循着脚印找到爸爸了！"她说："能，我能找到你，爸爸，你的脚印已经印在我心里了！"那一刻，她看到爸爸的眼中有泪光闪动。

多年以后，她已在一个遥远的城市工作生活，回首往事，爸爸的足迹在记忆的雪野中是那样的清晰而刻骨铭心。而此时的爸爸已经长眠在故乡的田野里，他人生的履痕终于延伸到了生命的尽头。向着家乡的方向，她在心底默默地说：爸爸，你虽然在这个世界上再不能留下独特的脚印，可是我依然能时时与你相遇，因为这么多年里，我已知道了你所走的路。在这条路上，我会沿着您的足迹永远走下去！

哑妹

妹妹 10 岁那年在山上吃了一枚有毒的果子，虽然被抢救了过来，声带却坏了。从此，不见了妹妹甜甜的声音和甜甜的笑脸，她的世界一下子沉默了。于是，我一有空就带着她出去玩儿，给她讲各种神奇有趣的故事。她那时依赖我的程度甚至超过了依赖妈妈。她不愿意和别的同学一起玩耍，每天像影子一样跟着我。一次我带她去山上，一个同样大的小女孩正在山坡上唱歌（那首歌妹妹以前也会唱的）。妹妹呆呆地看着，眼中闪着迷蒙的梦幻。我忙把她拉走，说："你的病总有一天会治好，你也可以大声唱歌的。"妹妹点了点头，眼中闪过一点泪光。

我上高中以后妹妹便辍学了。为了能让我上学，她过早地担负起了家里的重担。她每天除了帮家里干活，就是去山上采一些不同颜色的石头，回来雕成各种小动物，让妈妈拿到集市上卖些钱补贴家用。每次放假回家，看到妹妹被石头磨得粗糙的双手，我心里就会升起一股浓浓的愧疚之情。善解人意的妹妹总会用她浅浅的笑安慰我负疚的心。她已能熟练地使用哑语，常常问我山外的许多事。我便给她讲外面的世界，那样的时刻，妹妹充满希翼的目光总是刺痛我的心。

有一个周末，我在教室里看书，刚进来的一位同学说有一个哑巴小姑娘要进校门，却被看门人给拦住了。我忙冲出门，远远地看见妹妹正站在校门口。我跑过去把她拥在怀里，给她擦去脸上的泪。妹妹告诉我妈妈在上山时把脚扭伤了，所以她才来城里给我送钱。妹妹是第一次进城，她又不能说话，很困难地找到了我们学校，看门人却不让她进去。我和妹妹在食堂吃过饭，便去街上闲逛。看着楼房和奔跑的汽车，妹妹脸上的神情兴奋地变幻着。我对妹妹说："哥以后要带你去省城，去北京，让你看几十层的高楼大厦。"妹妹使劲儿点头，脸上泛起向往的笑容。

高三那年寒假，我早早地回家准备过年。爸妈和妹妹却什么也不让我干，只是让我多看书复习，为高考做准备。除夕夜，全家人围坐在一起包饺子，妈妈把一枚大钱包进饺子里。在北方有个风俗，大年夜谁吃到了包有大钱的饺子，谁在新的一年中就有福。饺子煮好了，我们互相祝福了一番便开始吃年夜饭了。妹妹一个劲儿地给我夹饺子。看着体弱多病的爸妈和早早地把一个家撑起来的小妹，我嘴里的饺子怎么也吃不出味儿，心里酸酸的。妹妹又把一个饺子夹到我碗里，我吃在嘴里一咬，硬硬的，拿出来正是那枚大钱。妈妈说："孩子，你今年有福！"小妹看着我笑得很开心，自从她哑以后，我还没见她这么高兴过。她用哑语对我说："你今年一定能考上大学的。"这时我才发现小妹一个饺子也没吃，她一直在为我寻找那个有大钱的饺子。我眼一热，在这难忘的除夕夜里，我心里充满了爱和感动。

那年5月，学校放了几天假，我便回家去想帮妹妹干些活儿。妹妹坚持要我回学校去。我只好答应第二天返校。第二天早晨起来，我发现妹妹已出去了，太阳老高了也没回来。我上山去找。山坡上开满了丁香花，红红的一片深情。原来妹妹正在摘花。看见我她笑着跑过来，把一束丁香花送到我手里。我细看那些丁香花，发现都是五瓣的。看着手上划出了血痕的妹妹，我的眼泪淌了下来。

有爱岁月暖

第三辑

山里有个传说，谁要是找到了五瓣丁香，谁的梦想就会成真。我深情地对妹妹说："小妹，五瓣丁香不会给哥带来好运，可是你却会让我梦想成真。"

去省城上大学的时候，是妹妹送我出山的。一路上我什么也没说，一步一个愧疚。我心里很沉重，我知道这一走妹妹肩上的担子就更重了。我对妹妹说："小妹，哥欠你的太多了。"妹妹使劲儿地摇头，眼里泪光闪动。

在山口，我说："小妹，回去吧！"

妹妹望着远远的山外，执意要看着我走远。我走在妹妹潮湿的目光里，我的心中一片泥泞。走出很远，回头望去，妹妹依然站在山口，她身旁 9 月灿烂的山花刺痛了我的双眼。

我在图书馆伏案的岁月，妹妹依旧在大山间劳碌，依旧在闲暇时把一块块石头雕成各种可爱的小动物。妹妹常给我写信，每次看妹妹的信，我的泪都会于不知不觉间打湿信纸。后来，有一个属于大都市的女孩儿走进了我的感情世界。妹妹得知我有了女朋友，在信中她说她高兴得不得了，真想早日见到她。很快女友和妹妹建立了联系。女友给妹妹寄去许多东西，她们都打心里喜欢对方。

日子一天天过去，已很久没收到妹妹的信了，问女友，她也没有收到。担心牵挂中，终于有信来了，是爸爸写的。信中说妹妹出事了。那天妹妹去山上采一块五色的石块，摔进了山沟里。她要给未来的嫂子雕一个飞翔的小天使，她倒在血泊中时手里仍紧握着那块石头。

我和女友匆匆赶回家时，见到的只是山脚下一座小小的坟茔。想到再也看不见妹妹甜甜的笑脸，我扑倒在坟前久久不起。我欠妹妹的永远也没有机会偿还了。大山埋葬了妹妹 16 岁的生命，她的梦已化作山花年年深情地开放。

很久很久以后的一个春天，我走在大街上，听到路旁商店里传出那首熟悉的《九妹》，禁不住泪如泉涌。

第四辑

残缺的身躯，完整的生活

走过坎坷，走过自己，走向生命的丰盈。风雨起落敲打身上的伤痛，在心中却是奋进的鼙鼓。一条腿也能走遍世界，一只眼睛也能看见天堂，梦想常在，便芳华永驻。上天即使只给你两根手指，也能用它扼住命运的咽喉。

挂在树上的风

　　安巧巧人如其名，是一个极安静且乖巧的女孩。第一次见到她是在一个集会上，她坐在角落里，微笑，倾听着每一个人的讲话。第二面，是在人潮汹涌的大街上，隔道看见她，大声地和她打招呼，她一脸的欣喜，用力地冲我挥手。

　　倒是后来在网上经常遇见，几次聊下来，对安巧巧便有了更深的了解。这个20岁多一点的女子，虽然平日不言不语，可在网上却话极多，且思维跳跃性极大，常常在几个不相干的话题之间快速切换，弄得我的心随之忽起忽落，跟不上她的节奏。她的网名叫"挂在树上的风"，虽然很有诗意和意境，却是让人难以理解。问她，她说最喜欢风，从十岁那年开始，就在深深的夜里听窗外的风声。那时，她家院子里有一棵年头很久的老杨树，盛夏的夜，她听见满树的叶子哗啦啦的响，她相信那是风缠绕在枝丫间，与那些叶子对话。所以，她愿意做那些停驻在树上的风。

　　巧巧没有工作，大学毕业后一直在家里，码文章，卖字为生，自由自在，稿费也足够生活。事实上，她也极想去找份工作，她也喜欢人多热闹的氛围，可是她说找工作太难，特别是她，她挑剔工作，工作更是挑剔她，结果便被逼上梁山，每日里寂寞地敲击着键盘。所以在网上逮到朋友，便说个没完。也曾有过几次失败的爱情，却是各具特色。若是那人真心而来，则柔情似水；若是那人怀有目的而来，则会恶名远扬。用巧巧自己的话说就是："我就是停留在那儿的一缕风，若是玫瑰近前，就芬芳弥漫；若是污秽来袭，就让其臭传千里！"

有一年夏天，安巧巧终于在家里待闷了，决定出去旅游。虽然遭到家里人的强烈反对，可静极思动的她却八头牛也拉不回。由此却成就了她的一段传奇，这是任何人都没有料到的。在火车上，她的美貌很是引来一些人的目光，便有人来套近乎，一来二去的，人们就发现了她的特别之处，则更是让一些别有用心的人蠢蠢欲动。其中有两个男人特意把座位换到她的旁边，似乎是相处甚欢，三个人斗地主斗得热火朝天。结果过度热情的两个男人晕倒在他们自己调制的饮料下，被安巧巧叫来乘警带走，最后顺藤摸瓜地查出数起拐卖妇女的大案，一时间人们为这个女子的机警与聪明大为叹服。当有人问她极少出门却为何能识破骗局，她在日志里用一句话回答了所有人："行万里路不如上一年网，网上林林总总，有心皆成！"

一个晚上，和安巧巧在网上聊天，天马行空了一通，她便突发奇想，约我第二天陪同她一起去爬山。其实爬山并不是目的，她的目的是让我帮她去山上的风景区偷风铃！我说："还偷风铃，我看你是疯了！"她却兴奋地说："那个小亭六个檐角挂的风铃真是美极了，还古老，网上都买不到，我惦记它们可不是一天两天了！"

第二天会了面，我们一路无话，按昨晚上策划好的步骤逐一进行，最后终于侥幸得手，我费劲力气摘下一只风铃后，看到安巧巧双目放光似乎意犹未尽的样子，很是有些贪得无厌的表情，我吓了一跳，赶紧拉着她的手将其拖了回来，然后分手各回各家。我在网上问她："你要风铃往哪儿挂，那东西挂屋里可是糟践了！"

她告诉我，她房间的窗外有一棵老树，那树直长到三楼，许多的枝叉就在她窗前触手可及的地方。她说把风铃挂在树上，就可以和她做伴了。

那天一大早，安巧巧就给我留言，用少有的郑重语气："真的很感谢你！昨天夜里，我听着细碎的风铃声很久，就像我十岁那年，折了好多的纸风车挂在树上，夜里听它们轻轻地转动！"

心里便忽然涌起了一阵感动。我知道安巧巧一直在等待在追寻着她心中的那种生活，就像挂在树上的一缕风等待一只风铃的相伴。她总是不言不语，其实她心中有着太多的倾诉，是的，就在她十岁那年，一场大病烧坏了她的声带，从那以后，她便告别了自己甜美的声音！

不过巧巧一直不曾将自己放逐到寂寞与沉默里，也不曾将心困囿于悲伤和烦恼中，就如她的日志中所写："我就是那一缕挂在树上的轻风，有鲜花就将清香四溢，有风铃就把音乐奏响，所有靠近我的美好，我都会传播给更多的人。就算什么都没有，你们也会听见我与叶子的依依低语。如此，便是静美，便是幸福，便是我生活的意义所在！"

跟上我的右脚

　　夏天的时候，在一个很晴朗的午后，我第一次遇见了迟小意。当时她正倚在一棵树上休息，在这野外的山脚，一条河蜿蜒流向远方，迟小意的目光随着河流渐远，她的额上一层细密的汗珠。我问她要去哪里，她指着远方的河说，要去那边看看。我竟是不放心，便跟在身边，她只有一条腿，却没有拄拐杖，一下一下蹦得极快，偶尔路上有些小坎坷，也不能阻挡她的跳跃。

　　到了远处的河边，她闭上眼睛，似乎在感受着什么。良久，她才睁眼说，就是这里了。我问她这是什么地方，她说凭感觉来的，很神秘的样子。看了一会儿，她又往回走。路上，我问她的腿，她告诉我，七岁那年，车祸，便失去了右腿。回忆往事，她很是云淡风轻："一开始的时候，我就拒绝拄拐杖，也拒绝安假肢，可是那时站着都不稳，很难把握平衡。我起初是天天练站，一天比一天站得时间长。我现在，比你们都能站。然后我就练走，其实也不能叫走了，只能说是蹦跳。那时觉得特别累，从屋里走到房门都累得不行，可是你看现在，我能走出这么远，还能走回去，厉害吧？"

　　这个 20 岁出头的女孩子，骨子里就有着一种好强的斗志，或

残缺的身躯，完整的生活

第四辑

者可以说是坚强。迟小意不安义肢，因为她觉得还是现在这个样子更真实更自然，另外，她也从不觉得自己的右腿失去了，这只是暂时离开，在某个地方等她去寻找。"我能感应到我的右脚正在不停地移动，我就凭着这种感觉一直在寻找。"她很认真地说。她就这样蹦跳着从小学到读完大学，到参加工作。在这过程中，她唯一觉得困难的就是上下车和上下楼，好在后来经过努力锻炼也都不成问题了。现在，她有电梯都不乘坐，除非楼层太高。

迟小意在一家会计师事务所工作，虽然工作挺繁忙的，可是她的业余爱好极多极广泛。而且每年之中，她都要休上两三个月的假，出去四处走，用她自己的话说，就是去寻找她的右腿。有一次，她去旅游，在一个山谷里遇见了蛇群。那是她生命中最危急的时刻，比之当年的车祸还要可怕。她不停地蹦，最后摔倒，头都跌破了，蛇群接近，那一刻，她彻底绝望。可是，仿佛奇迹般那些蛇在离她几米远的地方，却纷纷退去，就像有人在踢它们。她说，那是我的右脚来了，帮我赶走了蛇。

不久后，我在报纸上看到迟小意的一幅国画竟获了省内的大奖，那是一幅童趣盎然的作品，画中一群小孩在玩顶牛游戏，就是抱起另一只脚，单腿蹦跳，用膝互相顶撞。每个孩子的动作神情都不相同，有一种很温暖纯净的意境。我不知道迟小意画这幅画的心境，可是从画作的格调来看，应该是很平和自然，虽然画顶牛的游戏也可能是她自己独腿的写照，可透出的情绪却是温暖而积极的。另外，我还在一些报刊上看到她发表的随笔，都很明净积极。

在网上看迟小意的博客，叫"跟上我的右脚"，她说："我从不认为自己是残疾人，也从不觉得自己失去了右腿，因为我能感觉到我的右脚正带着那条腿在向前飞奔，正在经过一片又一片的美好，所以，我只能加快蹦跳的速度，让自己的左脚紧紧跟上！"

哈得孙河畔的椅子

　　许多年以前，在纽约的一户富人家出生了一个男孩，由于家境殷实，他成长得顺风顺水。直到上中学时，他才发现了一个自己的缺点。那一天，班上的一个女同学指着正神采飞扬给同学讲故事的他，夸张地喊："天啊！大家看看他的牙！"围观的同学立刻发出一片嘘声。

　　回到家，他照着镜子仔细看自己的牙齿，那是怎样的一口牙啊！任何两颗紧挨着的牙齿都不一般大，而且向外突出，果然是很难看。从那以后，他变得沉默了，极少开口说话，更多的时候他都是紧闭着双唇，不让牙齿暴露出来。他为此烦恼不已，常常一个人跑到哈得孙河边独坐。时间久了，他发现一个老人每天都在那里对着一棵树讲话，或者大声地唱歌。他很奇怪，有一天终于走到老人身边，老人正在慷慨激昂地演讲。等老人讲完，发现了他，便问："你有什么事吗？"看着老人的白发，他忽然涌起一种亲切感，便把自己的烦恼都讲了出来，并张开嘴给他看自己丑陋的牙齿。老人哈哈一笑，指着自己的嘴说："小伙子你看，我的牙都没剩下几颗了，可我还是能照样演讲唱歌，经常参加一些活动。你说，一个人能不能讲话、能不能讲得好和牙齿有关吗？"

那一刻，他的心一震，心里像开了两扇窗一样。从那一天起，他开始苦练口才，并阅读了大量的书籍，以充实自己的头脑，从而让自己能说出更有深度的话来。他一路走过来，在哈佛大学毕业不久后开始从政，并发展顺利，再也没有人嘲笑他的牙齿。因为他懂得了用语言和能力去弥补牙齿的不足。在30多岁的时候，他的事业已经达到了令人羡慕的高度。而就在这个时候，一场灾难降临了。

那一年举家出去度假，住处失火，他跳进冰冷的河水中救人，因此患上了骨髓灰质炎，经过治疗，他的腿却永远也不能像正常人那样走路了。这对于事业上如日中天的他是一个致命的打击。他一度万念俱灰，丧失了对事业的信心与勇气。在家人的劝说下，他回到家乡的哈得孙河边散心。每天都坐在河边垂钓，河水静静地流淌，可他的心却无法平静下来。

每天钓鱼的时候，他身边总有一个中年人也在钓鱼，他坐在一把小椅子上，很是悠闲。有一天两人在等鱼咬钩的时候闲聊起来，他才知道那个人是个木匠。木匠自豪地对他说："我平生做得最好的就是木椅，什么样式的椅子我都能做，而且能做得最好！你看，我现在坐的这把小矮椅就是我亲手做的！"他看了看木匠的那把椅子，样式和做工的确都无可挑剔。木匠等着他的赞美，可他却说："要是这把椅子缺了一条腿会怎么样？它还能站住吗？"木匠瞥了他一眼，没有说话。

第二天木匠来的时候，向他扬了手中的椅子，大声说："你看，三条腿的椅子！"果然，那椅子只有三条腿，却是均匀分布，放在地上站得稳稳的。木匠一屁股坐上去，说："怎么样？三条腿的椅子也能站住吧！"他却冷冷地说："如果再缺一条腿，它还能站住吗？"木匠一怔，一言不发地收拾好刚架好的鱼竿，拎起那把椅子转身走了。下午的时候，木匠又来了，手里拿的椅子竟真的变成了两条腿！木匠把椅子往地上一放，也是站得稳稳的，原来在每条腿下都钉了约一尺长的横木，像两只脚一样。这回轮到他说不出话来。

第三天，他刚在河边坐下，木匠就来了，这回却带来了两把椅子。他震惊地发现这两把椅子竟都是一条腿。一把椅子的腿极粗，像个木墩，放在地上也是稳稳当当的。而另一把椅子的腿却是极细极长，还带着尖尖的端部。木匠把细腿的椅子用手扶住，用一个锤子用力地打了几下，那条腿便被钉进地里去了，进去一半的时候，椅子就站住了，木匠往上边一坐，竟是一动不动。他看着木匠和那两把椅子，惊得目瞪口呆。木匠得意地说："你看，一条腿的椅子都能站住，要是没有腿那还站得更稳呢！"

他以手撑地，艰难地站起来，向着木匠深深鞠了一躬，说："谢谢你，是你让我重新站了起来！"

他向城里慢慢地走去，有一种力量充盈在心中。他从此真的站起来了，而且站得更高，支撑他的不是残腿，而是一种向上的精神。他在美国总统的位置上连任了四届，是的，他就是富兰克林·罗斯福，一个站在世界最高峰上的巨人。

罗斯福的智慧在于能从身边的事物中寻求到启示，并应用于自身的为人处世之中，从而成就辉煌的人生。据说他已将那五把椅子收藏起来，现今陈列于美国某个博物馆中。隔着遥远的时空，我仿佛看到了那五把椅子站立的身姿。真想去看看那些椅子，让它们在我心里站成一座不倒的丰碑！

左手加右脚

　　如果有人问，左手加右脚等于什么，大家一定会觉得很奇怪，可是对于陈枫来说，左手加上右脚，就等于他的整个生命了。

　　起初的时候，陈枫自己养了一辆货车，全国各地跑运输。可是一场车祸后生活就全变了样，他的右手臂和左腿永远告别了身体，从此，他便以残缺的身躯开始了一种全新的际遇。只是，那个时候他才24岁，还没有成家，正是绝好的年龄，仿佛天地失色，生活对于他只剩下了一面残破的旗，在风中颤抖，而不是飘扬。

　　我认识他的时候，他已经重又满脸阳光满面春风，丝毫没有当初别人一提到残疾的字样便暴跳如雷的样子。在初夏的阳光里，他给我讲着他几年的过往，仿佛在说着别人的故事，再没有悲凉与绝望。开始，家里人为了鼓舞他生活下去的勇气，常给他买来一些残疾人与命运抗争的书籍，或者给他借来一些残疾人运动员比赛的录像。只是，那样的心境是很难快速地恢复，他看那些残疾人的事迹心里也很激动，可是他更认为那是一种无奈的拼搏。

　　有一次，陈枫拄着一只拐杖去公园里散步，在游人稀少的林中，踩着软软的泥土，他觉得自己再也无法像从前那样，有一种脚踏实地的感觉。正为了那些一去不返的东西而默默伤感，忽然，前面一片灿烂映入眼中，正是5月，丁香花簇簇开放。他慢慢走过去，发现有一个摇着轮椅的人也在树前看花。心里有一种怪怪的感觉，邂逅另一个残疾人，说不清的滋味。那是一个中年女人，转头看他时一脸灿烂的笑，就像那些绽放的花儿。

陈枫永远记得那次短暂的对话。女人说："你多好，可以留下自己的脚印，而我，却再也不能在这柔软的路上印上自己的足迹了！"回头看，一行足迹蜿蜒而来，旁边，是拐杖留下的一点点的小坑儿。他说："可是，并不完整。"女人说："我卖字为生，我出版过一本集子，叫《没有脚印的人生》！"他一愣，随及说："我想拜读！"女人点头，说："其实我觉得没什么不好，这样的日子，抬头看天，低头见花，很美！"

后来，陈枫得到了那本《没有脚印的人生》，通读下来，觉得比以往看过任何关于残疾人的书籍都能打动自己的心。于是，那一年，他在网上开了一个自己的博客，叫《脚印一个半》，记录着自己生活中的点点滴滴。他对我说："真庆幸，还给我留下了左手和右脚，让我能扶杖而行。你想想，要是我只剩下左手、左脚或右手、右脚，根本不能挂拐杖嘛！"

还有一件事，让陈枫念念不忘。那是在他恢复心情后的不久，一天夜里醒来，口渴，想起床去找水喝。可是没有摸到拐杖，平时，他的拐杖都是放在触手可及的地方。隔着门上的玻璃，他看到有灯光。便扶着墙，慢慢地下地，走到门边，母亲房里正亮着灯。他轻轻打开门，扶墙轻走到母亲房门前，向屋里看去。他吃了一惊，他看到母亲正挂着他的那根拐杖，在屋里来回地走。走了两圈后停下，母亲回到桌旁，拆开拐杖的顶端，把里面的海绵拿出来扔掉，又找出一大块新的塞进去，然后又挂着满屋走。最后，母亲觉得满意了，才微笑着用针线把拐杖顶端缝好。

讲到这里，他脸上带着微笑，说："从那个晚上开始，我才知道，我妈每隔几天就要为我更换一次拐杖顶上的海绵，怕把我硌

残缺的身躯，完整的生活

第四辑

疼了！"一提到母亲，陈枫的话里透着无尽的感激和爱。是啊，自从他的脸上笑容多了，母亲的脸上才有了最舒心的笑。他忽然觉得自己所做的一切都有了意义，并不是无奈的挣扎与拼搏，是的，就是为了爱而好好地生活。

如今的陈枫，早已补好了人生的大旗，风越大，越是猎猎飘扬。生活也许就是如此，不管在怎样的境遇之中，有了爱就有了希望，有了爱，就能低头见花。所以，左手加右脚，也可以等于完整的生命。就像陈枫曾在博客中写的："我现在已经知道我的左手就是天，右脚就是地，我的天地完整，我的生活完美！"

及时地醒来

时隔多年，李文刚仍然忘不了那个黑沉沉的夜晚。他和众多的乞丐躺在立交桥下面，酣然大睡。虽然初秋的夜晚已经很有些凉意，可他们却睡得很沉。就在这个时候，李文刚突然毫无征兆地醒了，睁开眼睛，就看到了改变他一生的一幕。

李文刚20多岁的时候便从农村出来，在大城市中闯荡，只读完初中的他所能凭借的就是一身的力气了。他先后在一些建筑工地当力工，后来工程公司的老板见他相貌堂堂，身手也不错，就聘他当了保镖。跟着老板，李文刚也着实过了一段好日子，见识到了许多他此前从未听闻过的事。可好景不长，在一次和另外一个公司争夺工程的背后斗争中，他被砍掉了左手，治好伤之后，便被老板一脚踢了出来。

在那些日子里，李文刚的心境起了极大的变化，他对这个城市、对生活充满了憎恶，再次走上求职之路，用人单位一看见他只有一只手，连出力气的机会都不给他了。他也无颜回老家，便沦落成了乞丐。每天在人群中乞讨，人们见他残疾可怜，便多少施舍些小钱给他。他便把左臂夸张地举在身前，那残疾成了他乞讨的最大资本。到了晚上，在大桥洞里，他和那些同伴各自数着一天要来的钱，颇有一种满足感。然后便倒头大睡，仿佛日子这么过下去，也是无忧无虑。直到那个夜里，他突然醒来。

在路灯之下，一辆轿车抛锚在那里，开车的中年人下车打开

残缺的身躯，完整的生活

第四辑

机盖忙着修理。这时，不知从哪里窜出来三个小青年，其中的两个把中年人摁在车身上，另一个则去车里翻找。他们似乎没找到什么太值钱的东西，便开始痛打中年人。李文刚看那中年人的神情，忽然就想起了那年大哥被人殴打的情景，便跳起来冲了过去，虽然残了一只手，可仗着练过几天拳脚，还是把那三个家伙打得四散逃去。正如许多故事般，那中年人收留了他，让他在自己的公司里做职员，他第一次意识到自己要学习的东西竟是那么多。

两年以后，就在那中年人想要提拔他时，他却提出了辞职。离开了这家公司，李文刚开始开辟自己的天地。只是谁也没有料到他的事业竟是从垃圾起步。因为他在捡破烂的生活之中，就曾想到过把那些有用的垃圾重新加工一下，可那时他只是略想想而已，根本没有心思和勇气去做。现在他重拾回了斗志，开始从事垃圾深加工，把塑料废品制成颗粒，金属制品熔成锭块儿，那些垃圾经他的手后，价值倍增。不久后，他的垃圾深加工工厂就已经颇具名声，大半个城市的捡垃圾的人都把那些可加工的垃圾源源不断地送到他这里来，而他生产出来的产品也是供不应求。那些可回收利用的垃圾，在他手中的价值翻了不止一倍。他的事业就这样越做越大，而他也因此成了那个城市的创业新星。

他曾对记者说："自从十年前的那个夜里在大桥下突然醒来，从而有了新的际遇，我就明白了，许许多多的机遇都是在熟睡的时候从你身边溜走，而人的一生就像一场梦一样，机遇的来来去去，你都无从察觉，所以人们并没有遗憾的感觉。其实只要你及时地醒来，也许一切就会改变。所以自那以后，在每一种生活中我都不敢沉睡太久，怕错过那些悄悄走来的机遇，这也是我从那个公司辞职的原因！"

李文刚的这番话见报之后，给了许多人以启示。想想看，我们偏安于自己的某种生活某种际遇之中，当熟悉了那种生活的点点滴滴，便也渐渐地心安理得，如此人生就仿佛熟睡了般，而那些机遇，在你不觉之中已经擦肩而过。其实机遇并非可遇而不可求，只要你能及时地醒来。

给一颗星星找片夜空

　　一个极寒冷的圣诞夜，大雪纷纷扬扬地飘洒在美国西部的一个小镇上。这个小镇极贫困落后，除了漫天的飞雪，找不到一点圣诞的气氛。镇西边有一户人家，还亮着微弱的灯光，一个十岁的男孩正在灯下写信。

　　男孩时不时地搓搓冻得冰冷的手，这时，他的母亲走过来，问："孩子，你在给圣诞老人写信吗？"那个时候，许多穷人家的孩子都给圣诞老人或者上帝写信，想让这些神明来帮助自己。只是几乎没有灵验的时候，所以，人们称这个小镇是被上帝遗忘的地方。

　　男孩叫克里，他对母亲说："不是，我在给自己写信！我已经给自己写了好多信了！"母亲闻言，心里一阵感伤，这个孩子，心里是有着太多的苦。克里自出生就有残疾，一条腿短些，而且，一只眼睛几乎没有视力。家庭的艰难，又不能给他看病，可他并没有因此而放弃自己，一直在家里自学着学校的课程。即使如此，他仍是烦闷，因为他看不清自己以后的路。一个十岁的孩子，心思却沉重得像个大人。

　　镇上有一个年纪最大的老者，也是全镇最有学问的人。克里一有什么难题总是去请教他，不管生活上还是学习上的，老者都耐心地给他帮助，这几乎就成了克里生命中的一盏灯。他真怕有一天，这盏灯在岁月的风中熄灭，他的生活是不是就会是完全的暗无天日。克里除了那个老者，几乎不见任何外人，只是把自己封闭在小屋子里，或者于无人的夜晚，在镇外的荒野上闲逛，看着那些暗暗的辽阔发呆。

圣诞后的一天，克里最担心的事终于发生了，老者去世了。他站在自家的后院，远远地看着人们把老者葬在郊外的原野上，太阳明晃晃地照着无边的雪野，可他却觉得一切都是黑暗。他变得比以前更孤独封闭了。

一周之后，母亲给他一封信，说是那老者留给他的，而且叮嘱一定要一周后才能给他看。克里一阵激动，他急切地想知道老人到底要告诉他些什么。老人在信的开始写了一件事，那时克里对天文着迷，曾好几次去找老人请教星辰的问题。老人给他看了各种星星的图片，他那时很吃惊，看起来那么明亮美丽的星星，真实的面目却是满目疮痍。老人在信中告诉他："星星那么美丽，是因为它们能发出光芒来，更因为它们能置身于黑黑的夜空之中。我的孩子，你不是丑陋的，就像那些星星一样，而且，离开我的七天，你是不是认为生活完全黑暗了？你现在已经有了自己的夜空，你该散发出光芒来，展现你的美丽！"

克里从此心里便有了自己的愿望，他要把自己变成夜空里最亮的星星，既然不能像别人那样在阳光下幸福地生活，那么就在黑夜里璀璨吧。他没有放弃学习，后来，他去了外面上大学，毕业后回到小镇，竟选上了镇长。别人不理解，他应该去外面发展，这个时候，他身体上的缺陷已没人去注意，人们更多是被他的精神所感染。这个小镇，积贫积弱，在大家眼里毫无发展前途。

几年之后，克里硬是凭着自己的才能改善了小镇的环境，然后又想方设法地拉来资金，把小镇周围变成了风景宜人之地。而且，他还创造了一个奇迹，他以自己的语言，打动了附近一个大城市中的一个大学校长，在小镇开了一个分校。几年后，那所大学的总部也迁了过来。此时的小镇已经是今非昔比，渐渐许多人迁居而来，只为了周围美丽的环境。在那些年中，许多大学纷纷迁来或成立，这个曾被上帝遗忘的小镇，竟成了一个大学城。而且，来旅游度假的人越来越多，小镇的人口和面积比原来增加了数十倍。

又一个圣诞夜，年迈的克里坐在灯下，外面依然是大雪纷飞。他依然在写信，从小到大的每一个圣诞夜，他都没有停止过写信。只是，后来他的信不是写给自己，也不是上帝和圣诞老人，而是写给那位曾给他一片夜空的老人。他在信中写道：

"亲爱的老师，现在的蒙大拿州的波兹曼小镇，已经成为'西部十大魅力小镇'之一了。您还记得吗？这个曾被上帝遗忘的地方，原来是那么丑陋落后，可是您让我知道小镇也只是一颗星星，它也一直处于黑暗之中，我努力让它发光，就像当初，您给了我这颗小星星一片夜空一样。是的，是苦难让我实现了生命的价值，也是苦难让小镇成长起来，一颗充满希望的心，就是苦难中芬芳的来源，就是夜空中最美最亮的那颗星星！"

梦想究竟有几条腿

在我很小的时候就已经认识吴多了，那时他十七八岁的样子，坐在胡同口掌鞋、修自行车。他的每一次出现，都引得我们这些小孩子围观。因为他没有双腿，而且能用手走路，走得又稳又快，让我们很是羡慕。

吴多自小就失去了双腿，家境贫困，只勉强上完了小学，便开始干家务活了。虽然残疾，他却很要强，所有的家务都能干得得心应手。开始的时候，他也曾付出过极大的努力，也曾有过危险，有一次他坐在凳子上炒菜，凳子翻倒，锅也砸在他的身上，烫伤多处。可他并没有因此退缩，一直坚持下来。

父亲每天蹬着三轮车出去捡垃圾，有一次吴多从父亲捡回的垃圾中发现了一台破旧的半导体，鼓捣了多日，竟能正常收听了。那时电台经常播放二人转，他极爱听，时间长了，也能像模像样地唱下许多段子。后来，年龄渐长，他又自学了修鞋、修自行车的技术，在胡同口摆起了摊儿。由于家里穷买不起轮椅，他便用双手走路，还能推着一辆装满工具的小推车。在干活的时候，他也要听收音机，听他喜爱的二人转，高兴时他会放开喉咙唱上一段，引得晒太阳的老人们都围过来听，并说他嗓子好，腔调也正。

也许正是从那时起，他便在心底埋下了梦想的种子。

我们县有个二人转剧场，处于繁华地段。吴多思虑良久，终于把修理摊儿摆到了剧场门口，不为别的，只想离二人转更近些。他的出现，引起了许多人的嘲笑，那时正放映一部电影叫《无腿先生》，于是人们便都叫他无腿先生。有一天中午，正值休场，剧场门口几乎没有人，吴多坐在那里，便开始唱起来了。他唱得极投入，没有发现一个夹着包的中年人站在他身边。一段唱完，他听到鼓掌声，才看见有人在一旁听着。那人问他："功底不错，你家里有人唱二人转？"吴多有些不好意思地说："没有，我都是跟着收音机学的！"那人赞许地说："好孩子，好灵性！"便转身离开了。后来吴多才知道那人就是二人转剧团的团长。

从此，吴多的梦想便开始疯长了，许多人也都知道了他的意图，纷纷笑他，一个没有腿的人还想登上舞台，简直是痴心妄想。他在嘲笑声中一度消沉，终日不开口唱一句。有一天傍晚，他正准备收摊儿回家，剧团的团长找到他问："小伙子，你会唱《冯奎卖妻》吗？"他愣了一下，还是点了点头。团长一拍大腿，说："太好了，你帮我一个忙，晚六点场的男演员感冒嗓子哑了，又联系不上别的演员，你能不能代替他一下？"吴多大为惊愕，看了看自己的下身，结巴着说："我，我怎么能行，一点儿经验都没有，再说我也不方便！"团长说："没事儿，不用你上台，只要你跟着乐队唱就可以，台上的男演员对口形就行。你平时咋唱就咋唱，放开了唱！"

就这样，吴多开始了平生的第一次演出，那一天，他躲在台后唱得畅快极了。散场后，观众们纷纷议论："这个男演员怎么突然唱得这么好了？"那以后，团长便有意地安排吴多唱了几次，当然都是在幕后。当一年多以后，吴多才真正用手走上了舞台，人们也终于见到了他的真面目，而此时，他的各种技艺如转手绢玩扇子什么的也是十分精湛，那一场演出过后，他立即成了县里的

残缺的身躯，完整的生活

第四辑

名人，来特意看他演出的人排起了长队，剧场因此火爆了一次。

又是五年以后，在省城最大的二人转剧场，数千观众等着看演出。主持人说："应男演员的要求，他要先在幕后唱上一段，大家觉得好，便出来，如果大家不满意，他就不登台了！"伴奏响起，当字正腔圆的声音传出，每个人都惊呆了，掌声一浪接着一浪。终于，在掌声中，那个男演员以一种特殊的姿势走上台来。观众长久地欢呼鼓掌，很多人的眼中闪着泪光，而男演员的眼中也是泪光晶莹。

多年以后，提起那一场演出，吴多对记者说："那时二人转的队伍中出现了许多残疾人，有侏儒有盲人，可没有几个是有真正功力的，都是仗着自身的残疾来吸引目光。我不想那样，我要让观众先从声音上认识我、肯定我！"

当年的无腿先生，终于在梦想的国度露出了笑容。原来嘲笑过他的人在震惊中仍是心存疑惑，这个人到底是怎么走到今天的？其实，吴多的经历早已给出了答案，梦想如阳光一样，眷顾着每一个人。虽然失去了双腿，却可以给梦想插上一对翅膀，只要你不停地挥动翅膀，就可以飞越重重苦难险阻，抵达人生的一个新高度！

心中有眼

　　许多年以前，有个叫麦克法兰的 4 岁小孩在自家农庄后面的树林中玩时，一头箭猪在不远处出现，他还没来得及细看，忽然觉得脸上一阵巨痛，原来一个邻家小孩把手里挥玩着的还极热的烧焊器打在了他脸上。经检查他的左眼球被击破，6 周后，由于严重的交感性眼炎，他的右眼也失去了视力。从此，在他的记忆中只有那只奔跑的箭猪，因为那是他最后看到世界的全部。

　　小麦克法兰哭闹了好长一段时间，他的哥哥伊安告诉他："你的耳朵就是你的眼睛！"他便按哥哥说的去练习，最后他可以循着青蛙的叫声而捉到它。可是他仍然为眼前的黑暗而烦恼，于是母亲告诉他："你的双手双脚就是你的眼睛！"她教他用手去抚摸身旁的事物，用双脚去丈量与物体间的距离。到后来他可以在越橘树丛中采摘下那些大而柔软的果实，可以从房外任意地点准确地走到自己的床前止步。几年后他进了离家很远的一所盲校，虽然他已可以很方便地生活和学习，可他依然不开心，因为他觉得还是有许多东西无法去学习，而且，他害怕别人的歧视。父亲发现了他的心事，便对他说："孩子，你的心就是自己的眼睛啊！"听了父亲的话，他的心里就像开了一扇窗，下决心要去拼一拼。

他喜欢体育，便开始学摔跤，经过刻苦地练习，他已连赢20场比赛。后来他又开始学游泳、学短跑、学标枪和铁饼，并在比赛中获得金牌。与此同时，他还学会了吹竖笛、弹钢琴和吹喇叭，生活在向他打开一扇扇美好之门。读中学期间，他先后夺得11项加拿大全国冠军和6个国际锦标。后来，在全美首届盲人滑水锦标赛中，他又一次夺冠并创下世界新纪录。后来，他成了直属美国总统的"健康与体育"委员会的顾问，工作是帮助残障儿童找回丢掉的信心。1984年的洛杉矶奥运会，他是从纽约向会场传递圣火的优秀运动员之一，此时他已赢得了103枚金牌。手擎火炬奔跑在人群的欢呼声中，他脸上笑着，迎来了生命中最辉煌的时刻。

世界黯淡了并不可怕，可怕的是心境的黯淡，只要你心中的灯火不曾熄灭，就一定会迎来生命的灿烂。即使眼前是无边的黑暗，只要心灵的眼睛不曾合上，你也一样会看见成功的曙光。心有多大，世界就有多大，成功绝不会冷落任何一个人，只要你心不死，不死心！

人生几度秋凉

    一直不太喜欢读一些悲秋的作品，也不常欣赏有关秋景的画作，总觉得在那些诗画之中，透出一种无边的颓败之气。若逢心境欠佳，再看那些东西，无异于雪上加霜。

    有一次应邀去观看一个画展，有几幅关于秋天的画却深深地触动了我。在那些画中，同样的是枯草残树，而萧瑟中带着韧性，肃杀里透着辽阔，有着一种极深远的意境。这种感觉是以往不曾有过的，于是我记住了作者的名字，一个默默无闻的业余画者。

    一个偶然的机会，我竟真的有缘得见这位作者。当时我以记者的身份去采访他，起初一看到被采访人的名字，那几幅画便历历在目，于是迫不及待地赶到他的住处。站在我面前的是一个40岁左右的中年人，他脸上写着沧桑，一双眼睛却灵动无比。在我和他谈话的过程中，他一直负手而立，话题就从他的画开始。

    画画对于他来说，也只是近几年的事。在那之前，他曾在一家汽车制造厂当技术工人。我问他："在你的画作里，出现得最多的就是秋景了，可是却毫无凄凉之意，是什么原因让你对秋天这么情有独钟呢？"他把目光投向远远的窗外，那里，秋日的天空正无边无际地舒展。良久，他收回目光说："其实，秋天也是一种开始！"

在他 30 岁的时候，一场车祸夺去了妻儿的生命。在那个断肠的秋天，他经常坐在坟边，看风把坟头的荒草吹得瑟瑟发抖，让心融入无尽的凉意之中。终于走过了那些艰难的日子，在别人的关爱里，他的心也渐渐地温暖起来，痛苦的往事不再萌芽。也许，一个新的开始已经在等着他。

他终于坐了下来，说："后来你也知道了，五年后的一个秋天，我不得不离开了汽车厂，那是对我的又一次打击！"命运的遭遇接连不断，依然是秋天，他不得不告别了所喜欢的工作。那些日子，他常常跑到郊外，或去江畔，或于山林之中，在满目的秋光里怅然独立。凉意一天天地重了，万物在他眼中，那些微小的变化都令他感动不已，忽然就触摸到了秋天的另一种脉搏。

他指着四壁悬挂的画卷说："那一年，我看到了一个以前从未看到过的秋天，于是萌生了画出来的想法。我看过许多秋景的画作，都缺少我所看出来的那些东西。我就试着自己把它们画出来！"

他那些关于秋天的画，正在准备出版，画册的名字叫《人生几度秋凉》。临别时，我请他为我作一幅画，他欣然应允。铺好宣纸，研好墨，他将一支画笔绑在右腕上，凝思了一下，便运笔如飞。很快，几棵树便已立在陌头，西风中落叶如蝶翻舞，树的枝叉遒劲有力，指向天空，而天空又是如此悠远！我的心再一次感动，慢慢地帮他卸下绑在腕上的画笔。是的，五年前工厂里的一场事故，使他永远失去了右手！

走出他的房子，秋天的凉意依然，而我却于其中感受到了一种温暖，就如黯淡际遇中的梦想般，虽浅虽淡，却能给人以力量。草木在秋风中失去了色彩，并不是消尽了热情，而是把那份热情蕴敛，从而才能准备好一颗耐寒之心，去迎向严冬的风雪。而表现出来的那种不屈，却正是希望的所在。也许，这才是他画作的真正价值，也是秋天的真正意义！

艰难的转身

 岁月的阴霾笼罩在 1940 年的 6 月 23 日。在美国田纳西州的一个贫困家庭中，有个女孩出生了。她是这个家庭中的第 20 个孩子，虽然是黑人，可是，她却比其他黑人显得更黑更瘦小，因为她属于早产，生下来时体重仅有两公斤。她从小就患有多种疾病，因此，哥哥姐姐们都特别疼爱她。

 她就这样磕磕绊绊地成长着，然而四岁那年，小儿麻痹症又眷顾了她，送给她一份极重的礼物。她左腿没有知觉，几乎不能走路，可是却每天都要爬到门外去，看街上的人来人往。别人都嘲笑她，说她虽然只有一条腿好使，却爬得比其他孩子都快。六岁的时候，她不得不开始穿着固定腿的金属绷带，就是人们所说的铁鞋，否则她根本无法走路。别看她那么弱小，可是身体里却有着令人惊奇的毅力。她开始穿着铁鞋走出门去，起初走得极艰难，可是渐渐地，她可以走得和别的孩子一样快了。

 只是别的孩子依然嘲笑她，戏弄她，她追着他们去打，虽然她可以勉强赶上那些孩子，可是穿着那个笨重的家伙，转身的时候极为不便，常常要花几分钟的时间才能换个方向。那些孩子常常跑着跑着便绕到她身后，大声地骂她。那样的时刻，她把嘴唇咬得没有血色，狠狠地说："我一定要转过身去！"经过几年的锻炼，她终于可以灵活自在地随意转身了，这其中所付出的艰辛与痛苦，只有她自己知道，只有跌倒了无数次的路面知道，只有重重的铁鞋知道。

哥哥姐姐们给她的关爱，常让她的心温暖如春，每个晚上，他们都会轮流给她按摩左腿，从不间断。正是有了这种爱和执着，她才能咬牙走过那许多难熬的时光。11 岁那年秋天，一个傍晚，她在后院里看哥哥们打篮球，看着他们跳跃的身影，羡慕得无以复加，终于，她偷偷摘下自己的铁鞋，跑过去和哥哥们一起抢球。虽然她在跳起的瞬间跌倒，可她脸上的笑容却是那么灿烂。自那以后，她常常脱掉铁鞋，和哥哥们打球，随着时间的流逝，她穿铁鞋的时间越来越少，终于在一年多以后，彻底将铁鞋扔进了仓房的深处。

有一天，已成少女的她对家里人宣布说："我要当一名运动员！"她的话引来家里人的一片反对声，包括那些疼爱她的哥哥姐姐。他们都有着非常正当的理由，在大家七嘴八舌地劝说她的时候，她却低下头，像小时候那样狠狠地说："我一定要转过身去！"是的，她的这次转身，要比小时候穿着铁鞋时更为艰难。可是她不怕，毅然开始了自己的运动生涯。先是女子篮球队，后是田径队，给人们以太多的惊奇和惊喜。

她终于迎来了自己的辉煌。1960 年的罗马奥运会上，她夺得了 100 米、200 米和 4×100 米三块金牌，并创造了 200 米和 4×100 米的世界纪录！站在领奖台上，她轻盈地转了几个身，然后垂下头，咬着自己的嘴唇，用低得只有自己听得见的声音说："我一定要转过身去！"人们看不见她的泪光，只看见她的坚强。

两年之后，运动生涯如日中天的她却又突然宣布，将要结束自己的这一切，开辟一种全新的生活！人们同样是不解和反对，她却说："金牌、期望等等，这些东西太重了，比童年时的铁鞋还重，我怕时间再久，便没有力气转身了！虽然现在也很难，可我一定要转过身去！"

她终于成为一名教师，这是她多年的梦想。她身为一个黑人，知道种族歧视的可怕，所以她投身自己家乡的教育事业，用自己的人格力量，从那些孩子身上消除这些丑恶的根源。同时，她也当着教练，教导着那些穷苦人家有天分的孩子。无论是教师还是教练，她不仅传授知识和技术，更重要的，她更是教给孩子们许多做人的道理，以及生命中种种积极美丽的东西。看着家乡的变化，看着人们平静幸福的生活，她深为自己这次成功的转身而自豪。

1994 年，54 岁的威尔玛·鲁道夫因脑癌逝世。出殡的时候，万人云集，一如当年她在领奖台上般。虽然时隔多年，我们仍能看见并感动于她生命中那几次最艰难也最华丽的转身，还有她在每一次回眸间穿透人心的精神力量！

给梦想一个梯子

　　有个青年在小时候被汽车轧断了一条腿，从此他便一直生活在别人的嘲笑之中。由于是个瘸子，他很难找到一份适合自己的工作。最后，他和一个老师傅学起了掌鞋，然后就到街面上摆起了修鞋摊儿。一开始人们看他有残疾，出于可怜便到他这里来修鞋，并多给他钱。他感到耻辱，因为他不想用自己的缺陷来博得人们的同情。于是他来到了另一条街，在修鞋摊儿后用长长的工作服把自己的下身遮盖起来，虽然生意少了许多，但他觉得很踏实。一次，一个人修完鞋把自己的包落在了这里，他便一直在那里等那人回来，直到天黑透了，那个人才匆匆走来。当他看见修鞋人仍在等他回来，感动得不得了，便留下 100 元表示感谢。他说什么不肯收，最后他不顾自己是个瘸子，站起来去追那人，竟摔倒在地上。那人一看忙扶起他，从此他们成了朋友。他后来才知道那人是一个公司的老板。

　　后来，在这个老板的帮助下，他开起了一家鞋店。这个城市经常下雨，他便在店中准备了一些雨伞，借给那些光顾的客人，不管他们买不买鞋。人们都笑他傻，因为许多人拿了伞便不归还了，他却说："那些伞上印着我们的店名，他们拿着伞走在街上便已为我的店做了广告，把伞送给他们是应该的，而且会增加一些永久的活广告。"果然，虽然店里损失了一些伞，但却引来了更多的顾客上门，而他的小店也在这个城市中声名远扬，生意日益红火。

再后来，他开了一家大的商店，经营的种类也大大增多。一天傍晚下班后，当顾来的售货员都走后，他也锁了店门拄着拐杖往回走。走出很远后，他遇见一个小男孩向他的店的方向走，便问小男孩是不是去店里买东西，小男孩说是。他便又转过身艰难地回到店门前，开了门，让小男孩进来。结果小男孩只买了一支1角钱的铅笔，他依然热情地为小男孩服务。后来这件事传开之后，来他店里买东西的人更多了，因为每个来这里的顾客都会受到店员的尊重。

如今，他已是拥有几家大商场的老板了，他曾对记者说过："因为我的腿有残疾，所以我要为自己打造一个梯子，我要走得更高！"每个人的心中都有梦想，可是又有几人能真正达到了梦想的高度呢？给梦想一个梯子吧，它的两根支柱分别是真诚与智慧，而脚踩的横梁则是执着与努力。只要你拥有了这样的梯子，还有什么梦想不能实现？现在有太多的人急功近利，却往往事与愿违，其实无论在什么样的境遇之中，真诚永远是做人之本，智慧永远是最好的武器，而不懈的努力则是走向成功的基石。只要将梦想的梯子一端搭在你的目标上，相信你的人生一定会达到一个辉煌的高度！

我跌倒了，山还在

　　1950 年的一个夏天，6 岁的小弗朗克终于爬上了院子的围墙，他站在墙上兴奋地大叫。全家人都惊慌地跑出来，很紧张地把他从墙上抱下来，老祖母问他："你怎么爬到那么高的墙上去，摔着了怎么办？"小弗朗克说："我喜欢站到高的地方！"

　　后来年龄渐大，弗朗克可以轻松地翻过围墙，把目光投向不远处的一座小山。这是法国北部的一个小镇，周围这种不高的小山有几十个。弗朗克常带着小伙伴去爬山，那些山虽然不高，但大多很陡，每当费力地爬到山顶，弗朗克都要欢呼雀跃一番。他也经常摔得遍体鳞伤，可这丝毫不影响他爬山的热情，总是从地上爬起来继续去攀登。父亲曾很无奈地问他："告诉我怎么才能让你不去爬山？"弗朗克指了指群山，说："除非你把这些山都削平了！"

　　青年时的弗朗克成了一个业余的登山爱好者，曾征服过法国境内很多高峰。有一次，他们的登山队攀登一座高山时，弗朗克从半山腰一脚踩空滚落下来。当他苏醒过来，挣扎着要去继续上山。队友问他："摔得这么重，你怎么还去爬？"他笑了笑，说："因为山还在！"就是这次受伤，使他的左腿落下了终身残疾。

　　有很长的一段时间，弗朗克生活在阴郁之中，他的腿一度使他万念俱灰。望着远处朦胧的山影，他的心黯淡无比。他不知道此生是否还能再有站在山顶的日子。经过炼狱般的艰难挣脱，他终于可以面对生活了。他开始为生活而奔波，由于走路不方便，很难找到一份合适的工作。历尽艰辛，迎着无数冰冷的目光，他最终拥有了自己的公司。生活也见到了阳光，亲友们也都很欣慰，觉得他的受伤很值得。然而，弗朗克却又开始爬山了，当他一瘸一拐地征服了一座又一座山峰时，人们便记起了他当初说过的话："因为山还在！"是的，只要山还在，梦想就在，激情就在！

1993 年，当弗朗克以残疾之躯征服了号称欧洲第一高峰的勃琅峰时，记者蜂拥而至。面对赞誉和疑问，他说的第一句话仍然是："因为山还在！"有一位女记者问他："你这一生中登上很多高山，哪一座是最值得你骄傲的？是这勃琅峰吗？"强朗克摇摇头说："不是。我所登上的最值得骄傲和自豪的高峰，其实就是我自己！当我的腿残疾之后，我发现在我的生活道路上，也耸立着无数的山峰，那些意想不到的种种艰难，在我眼中高插入云！"

有记者问："也就是说你在生活中也征服了许多高峰，那么支撑着你的信念是什么呢？"弗朗克微微一笑，指着眼前的欧洲最高峰，说："支持着我一路攀过来的，就是生命中最高的那座山！我攀登过的那些山峰，可以说是生活中的磨难，而召唤我向前的那座最高峰，却是我的梦想高不可及。也许我终生都无法登上这座山峰，可是只要它在那里，我就不会停止！"

忽然记起一位老登山家，他在回答为什么要登山的问题时，说，因为山在那里。还有一位因登极地高山而冻掉双腿的登山家，人们问他，是因为征服过许多高峰而骄傲还是因为失去双腿而遗憾时，他说："那洁白的极地荒原，多么令人神往！"这就是高山的魅力所在，也是梦想的魅力所在！

在我们的心中，是否也有那样一座山峰？闪耀着梦想的光芒，引领着我们的人生达到一个个崭新的高度！

残缺的身躯，完整的生活

第四辑

一只眼睛也能看见天堂

在法国南部有个叫安纳西的小城，城中心的广场上矗立着一尊雕像，那是一个普通的士兵，而他的名字却是家喻户晓。他叫约翰尼，在二战中，他所在的部队在这里战至只剩下他一人，他却没有退缩，在街巷屋顶，不停地狙击城里的德国兵。他精准的枪法，使上百名德军把命丢在这里。最后他在敌人的围攻下壮烈牺牲。战争胜利后，小城的人民为了纪念他，在广场上竖起了这座雕像。

可就在这一年，约翰尼的雕像却时常发生着怪事。有一天早晨，人们发现雕像的一只左眼被人用泥巴封住了，清洁工人把泥巴弄掉后，第二天，却依然发生了同样的情况。这下使人们议论纷纷并十分愤怒，痛骂亵渎他们心目中英雄的那个人。为此，人们自发地组成夜巡队，试图抓住恶作剧者，可是一连几晚都没有进展，而令人吃惊的是，那块泥巴依然神不知鬼不觉地出现在雕像的左眼上。正当人们惊疑不定一筹莫展之际，一位名叫帕克的老人自告奋勇地站出来，说要单独解决这件事，面对这个老人，几乎所有的人都怀疑他能否胜任，可看他充满自信的神情，便也只好让他一试。

帕克老人开始行动了，拒绝别人的帮助。那天夜里，他搬了一把椅子坐在广场上，眼睛闭着，似乎睡着了。不知过了多久，寂静中传来"啪"的一声轻响，老人忙向雕像走去，伸手取下雕像左眼上的一小团泥巴，把玩了一会儿，侧耳四处听了听，带着微笑搬起椅子回家了。

第二天上午，帕克老人来到雕像面对的那片平民区，这里离雕像只隔着一条街道。他走走停停，最后站在了一户人家的门前，举手敲门。良久，门开了一条缝，一个十四五岁的小孩探出头来问："你找谁？"老人说："我路过这里，可以进去坐会儿吗？"小孩犹豫了一下，还是把门打开了。在院子里坐下后，老人缓缓地问："小提米拉，告诉我，你为什么要这样做？"小孩吃了一惊，下意识地后退了两步，说："你说些什么？我听不懂！"老人笑了，说："小提米拉，我知道是你做的，虽然我不能亲眼看见。不过你别害怕，我是不会说出去的！"小提米拉盯着帕克老人看了好一会儿，才问："你是怎么知道我的名字的？又怎么知道是我干的？"老人点点头，说："几年前我就知道你，一场意外使你的左目失明，从此你就面对着许多人的嘲笑，你的事这一带有谁不知道呢？"

沉默了好一会儿，小提米拉抬起头，右眼中放出恶毒的光来，愤恨地说："你知道他们叫我什么吗？他们叫我独眼鬼！还有不少小孩向我扔石头，跟在我后面辱骂我。我就要把他们心目中的英雄也弄成独眼鬼，看他们还能不能笑得出？"帕克老人听后说："孩子，我来找你，并不是要责备你，我只是感到好奇，你是用什么方法把泥巴弄到雕像的左眼上去的？"小提米拉有些得意地说："我自制了一把枪，把泥巴团成丸装进去，然后爬上房顶，就射在雕像的左眼上了！"老人哈哈大笑，一边鼓掌一边说："真是聪明，枪法也准，这么远的距离，那么暗的路灯，你居然能瞄得那么准！"小提米拉垂下头来，说："我瞄得准，是因为我只有一只右眼！"

残缺的身躯，完整的生活

第四辑

老人站起来，抬手抚了抚小提米拉的头，说："孩子，这个雕像，也就是约翰尼士兵，你知道吗？在那段战争的日子里，他用一只眼睛的时候也是最多的。他要在城里狙击敌人，要闭上左眼瞄准，他枪法那么好，就是因为只用一只右眼。而你的枪打得这么准，也是只用一只眼睛的缘故。所以说，不要抱怨上帝对你不公平，也不要痛恨那些嘲笑你的人，命运夺去了你的一只眼睛，是让你把目标看得更清楚、更准确！"小提米拉的右眼中，淌出泪水来。帕克老人转身向门口走去，出门前撞到了墙上，他回头笑着说："忘了告诉你，小提米拉，我的双目许多年前就失明了，你这个院子我不熟悉，才会撞到墙！"看着老人慢慢远去的背影，小提米拉的两只拳头攥得紧紧的。

从此，雕像的左眼上再没有泥巴出现，人们也渐渐淡忘了此事。几年之后，在全法的射击大赛中，一个独眼的人却一举夺魁，而且是历届冠军中唯一的满环。站在领奖台上，小提米拉的右眼中放出热切而坚定的光来，再无怨怼与愤恨，因为他明白一只眼睛中的世界，也可以是完整而美丽的！

畸足撑起完美人生

　　英国大诗人拜伦天生畸足，他的一只脚就像一个分趾的蹄子，从小他就刻意隐藏着自己的缺陷，就是为了不愿看到别人讥诮或怜悯的目光。他不参加任何活动，从不在人多的地方抛头露面，可尽管这样，他仍然躲不过别人的嘲讽。

　　为了让人对他刮目相看，他努力学习，终于考上了剑桥大学。在大学里，他认为躲藏不是办法，觉得必须让自己的优点将缺陷掩盖。于是，他练习击剑、拳击、摔跤、骑马、射击，并很快取得了骄人的成绩，一时之间他成为一颗耀眼的明星。在大学期间，他读书的时间远没有体育运动的时间多。一次他忽然发现自己有些发胖，便一连几天节食，几乎饿得半死，终于恢复了柔韧修长的体型。在他的努力下，他成了全英格兰最佳游泳能手，同时也是全英格兰最英俊的男生。他成功了，没人再去看他的畸足，因为人们都惊羡于他的光芒四射。

　　有一天，他在街上散步，不小心撞到了一对情侣身上，他道了歉正离开时，忽然听到那个女孩小声对身旁的男孩说："一看这个人的样子就很粗鲁，肯定不会像你那样会写那么好的情诗！"他一听，心里忽然就一阵悸动，原来自己的形象竟是粗鲁的！一路上他都在想着怎样才能不让人只注意到自己的外表，忽然，那女孩所说的情诗触动了他，他本来就文笔不错，难道就写不出好的作品吗？从那以后，他便开始写诗，他的人生进入了一个崭新的境界。当他成名之后，再也没有人说他粗鲁了。

拜伦的努力，仅仅是因为让人忽视他的缺陷，也正是因为如此，他的抒情诗才写得完美动人。可以说，拜伦的辉煌正是由他那只畸形的脚支撑起来的，他的一切源于他的自卑之心。

每个人都会有不同程度的缺陷，减小缺陷的最好办法就是放大自己的优点。自卑就像冰冷的石头，有的人用它建筑困囿自己的牢狱，有的人却把它放在脚下，成为自己向上的阶梯。当自卑成为动力，你一定会达到一个新的高度！

留下我的"手迹"

天还没亮，12岁的埃德便起床了，外面是冬季无边的寒冷，可他心里却热热的像揣了一团火。今天，他就要和父亲去攀登美国的最高峰惠特尼峰，它是加利福尼亚州内华达山脉最高峰，终年积雪，陡峭险峻。一想到就要将它踩在脚下，埃德的心里便激动不已。

父亲是个探险家，这已经是第七次带他出去探险了，前几次埃德都表现得既勇敢又灵活，很有潜质。而埃德也深深地迷上了这种生活，他总是盼着父亲能带他出去。出了门，天才刚刚放亮，隐约可见惠特尼峰以洁白的姿势直插天空。这是1983年的冬天，埃德决定记住这个日子。

那时对登山还没有严格的管理，事实上也很少有人在冬季来冒这个险。父子二人却是豪气冲天，踏着风雪向上进发！此峰海拔4418米，自1873年被首次登顶后，十年来陆续有人将它征服。用了一天的时间，他们才勉强登到1500米左右，设备不先进，他们靠的只是一种向上的精神。明知一两天内绝难登上峰顶，可是他们无法在山上过夜，只好决留出足够下山时间的基础上，能登到哪里算哪里。

　　埃德注定会记住这个日子。下午的时候，雪大了起来，他们决定开始下撤。他们早就商量好登到他们力所能及的地方，要在冰上刻下自己的脚印留作纪念。埃德兴致勃勃地不顾疲惫，拿起小铲开始刻脚印，由于用力过猛，他一下子向旁边滑倒。旁边是一个小小的山谷，他翻滚着跌落下去，重重地撞上冰壁才停了下来。这个时候，冰壁忽然坍塌，直接砸在他的腿上。埃德一下子疼晕了过去。父亲也溜到谷中，他拼命地去搬那些冰块，当他把埃德抱在怀里，准备下山的时候，埃德却清醒过来。他说："爸爸，我的脚印还没刻完呢！"

　　父亲看了看他软软的双腿，知道儿子可能再也不能走路了，他强忍着悲痛，对儿子说："先下山去医院，等你好了咱们再来登一次！"埃德也看向自己的腿，他说："爸爸，以后可能我再不能登山了，让我把最后一个脚印刻完吧！"父亲含泪点了点头，帮儿子拿起了小铁铲，来到后面的冰壁前。埃德手持铁铲，想了一会儿，终是扔掉，伸出右手，将手掌贴在冰壁上说："以后我可能再也留不下脚印了，还是留个手印吧！"过了一会儿，他将手收回，放在自己的脖子上暖着，然后再放在冰壁上。这样重复了几次，平整的冰壁上印上了一个小小的深深的手印！

　　埃德真的铭记了这个日子，因为就在这一天，他留下平生第一个"手迹"，就在这一天，他失去了自己的双腿。手术后，他回到家中，自己在心里告别了探险的生活，父亲也收起了他的那些装备，一家人都刻意回避着有关探险的一切话题。那许多的往事，仿佛从没发生过。有一天，埃德在报纸上看到一则新闻，说是一个单腿人独自穿越了亚利桑那州大沙漠，那一刻，他心中的火焰一下子重又被点燃！他将那篇报道贴在床头，上面有照片，那个人倚着一根拐杖，站在大漠深处，目光坚定。

　　从那天起，埃德开始了最艰难的锻炼，他再也不去碰轮椅，而是练习用双手走路。起初的时候，把握不了平衡，常常摔得鼻青脸肿。渐渐地，他可以在屋里灵活地走路，轻快地转身，甚至能小跑，只是，时间久了，头便晕得厉害。可他并没有放弃，而是大胆地"走"出门去，用手丈量着外面的每一条街道，他还煞费心机地研制了一面小镜子，倒立的时候，镜子就在眼前不远处，可以看见前面的路。父亲见他如此执着，便劝他在手上戴上厚些的手套，免得伤了手掌。可埃德却说："那样一来，我不是连手迹也留不下了吗？"

一年一年，埃德渐渐长成了青年，他的双臂极粗壮，手掌也极厚实，上面磨起了层层的茧。这些年中，他的手迹走出家门，走出城市，走出州，走进森林，走进戈壁，甚至走上山峰。起初还有父亲陪同，后来他便自己独行，所过之处，人们都用一种钦佩的目光注视着他，为他的精神深深感动。

1993年的冬天，埃德和父亲再次来到惠特尼峰下，他们要再次向上冲锋！他不用父亲帮忙，自己向冰上钉铁钉，拴绳，然后用力向上爬。到了当年失去双腿的地点，那个手印早已不在，而埃德也没有再印上去，他知道当年的那个手印，已深深地刻在自己的心底！这次他们依然在那个地方开始下撤，仿佛对往事的祭奠，又像是一种告别。

那次之后，父亲不久便病故。埃德开始了真正的独自探险之旅，那些年中，他走过了多少地方已经记不清，有那么多的地方留下过他的手迹，被他的双手坚强地抚摸过，他已尽感欣慰了。

2003年的冬天，埃德成功地登顶了惠特尼峰，轰动一时。时隔20年，惠特尼峰依然，却造就了一个人迥然的人生。是的，那峰顶，埃德留下的手迹早已被风雪漫漶，可他留在人们心中的手迹，却是深刻无比。而埃德在峰顶倒立的身影，也成了人们眼中最温暖最动人的高峰！

残缺的身躯，完整的生活

第四辑

构建心灵的城堡

　　1966 年，在美国的印第安纳州，一个叫宾德勒顿的 17 岁少年突然遭到了飞来横祸。当时他搭乘一辆运送禾草的货车，却不慎在行驶过程中从车上摔下来，肩膀及髋骨破裂，在医院里，他两边髋骨各镶入了一根 4 英寸长的钢钉，从此走路便离不开拐杖了。

　　宾德勒顿是一个充满想象力的少年，他最大的梦想就是能亲手建造一座城堡。童年时，他在沙堆上无数次地垒起美丽的城堡时，这个梦想就已经深深地扎根了。可现在却让他生生地折断了梦想的翅膀，一夜之间，他从一个爱跑爱跳的少年成了行动艰难的残疾人，这让他很是心灰意冷。在医院疗养期间，想起曾经的梦想，如同远隔云端。这样想的时间长了，忽然就激起了他不服输的个性，他暗暗决定不管有多艰难一定要把城堡建起来。

　　出院后，宾德勒顿开始大量阅读土木建筑方面的书籍，同时，他对中世纪文学作品也产生了浓厚的兴趣，特别是涉及城堡的描绘，他都会摘录下来。积累了足够的知识后，他开始着手设计城堡的构图，他综合了所知的一些中世纪城堡的样式，再加上自己的想象，终于绘出了第一张图纸。在经过无数次的修改后，他确定了设计图，准备开始动工。

此时的宾德勒顿已经 23 岁了，成年的他身高只有 1.65 米，体重仅 45 公斤多一点。作为一个残疾人，这个工程对于他来说简直就是一个神话，可他不放弃，艰难地收集建筑原材料，而且尽可能地节省，所有的砖石土木都是从外面捡来的，或者是别人废弃不要的。医生曾警告他不得举起超过 10 磅重的东西，可他就这样一点点地向着梦想中的城堡前进着。每一项工程都是他自己完成，从收集原材料到建成，前后共花了十年的时间，工时超过八万小时，在人们眼中展现了一个神话般的奇迹。

宾德勒顿把这个拥有 41 个房间 7 层高的城堡称为"谷仓大屋"，因为它的全部材料来自 11 个被拆卸的谷仓及 7 座旧房子。城堡共 2206 平方米，长 47 米，高 21.3 米，有两个高塔，3 个烟囱，15 个 18.2 米高的楼梯，6 条秘密通道和 9 条地下隧道。其中，还安装了水电和警报系统。他为城堡内的每间房屋都起了一个美丽的名字，如火筒地下道、军营室、速成屋及总统套房等。在五楼，他还别出心裁地装设了一个秋千，从上面荡起跳下，会沿着隧道下滑 9 米，从总统套房跳出来。如此庞大的一个建筑，宾德勒顿却总共只花费了 5000 美元。

面对这样一座神奇的城堡，人们很难想象它出自一个拄着拐杖的残疾人之手，更难想象宾德勒顿是怎样把那普通的一砖一石变成了如此的美轮美奂。城堡落成之后，每年都有几万人前来参观，也许它不是最棒的，可它所蕴含的那种向上的精神却吸引着大量的游人。身处其中，人们会感受到一种巨大的精神力量，于是生活路上的一些艰难坎坷便也变得微不足道了。宾德勒顿也因此受到了许多人的尊重，因为他虽艰难，却没有让心中的城堡坍塌。

也许，纷纷涌来的游人更是为了追寻一种有力地昭示，那就是无论条件怎样艰苦，道路怎样曲折，只要一砖一石地去努力，就像宾德勒顿一样，10 磅 10 磅地去搭建，每个人都能建成生命中最华丽的殿堂。

人生无命运

　　一位衣冠楚楚的绅士坐在公园的长木椅上静静地看一张报纸，报纸遮住了他的脸。一个衣衫褴褛的乞丐不知何时站到他面前，嘴里不停地说着恭维的话，绅士从口袋里拿出5元钱，当他低头从报纸的下边缘看见一条跛了的腿和一根木拐杖时，便又拿出5元钱递了过去。乞丐连声道谢着，可他并不离去，说："先生，其实我也本该有很好的生活的，只是我最好的朋友害了我，我才成为今天这个样子的。"

　　绅士依旧看他的报纸，漫不经心地问："怎么回事？"

　　乞丐说："我本来和一个朋友一起在工地上干活，互相关照，感情非常好。由于我俩的身体都极棒，又都练过功夫，一个大老板要在我俩之间挑选一个去给他当保镖，待遇极高。由于我的条件一向比他好，那个晚上他竟把我骗到郊外的古城墙上，趁我不注意把我推了下去。结果我变成了这个样子，他却过上了好的生活。"

　　绅士猛地把报纸抛在地上，大声说："你说谎！被推下城墙的是我，你还认得我吗？"

　　乞丐仔细看了一会儿，忽然哈哈大笑起来，说："命运真是捉弄人！我当保镖一星期就被人打断了腿，沦落成乞丐。而你摔下城墙却成了一个大款！"

　　绅士缓缓地站了起来，拿起身旁精致的手杖，他的一条裤管空空荡荡。他对目瞪口呆的乞丐说："摔下城墙后我也成了瘸子。你相信命运，我却不信！"

声音的世界

　　临近河边的小区里，有一个聋哑人，50多岁，几乎这里的每一个人都认识他。因为他从清晨开始，除了吃饭的时间，一直在河边，或行或坐，或立或倚，更引人注意的是他的嘴里经常发出一种单调的"咿呀"声，就像怕别人不知道他是聋哑人一样。

　　可他的脸上总是带着笑容，无论看人还是看风景，眼中透着光彩，正因为如此，人们也不讨厌他时常发出的噪音。他就这样度过自己的一天又一天，很开心的样子。小区里也有一位老者，与别人不一样，不爱去那些棋牌娱乐的凉亭树荫，只是在早、中、晚来河边静静地站上一会儿，更多的时间，都是闭门不出。

　　聋哑人渐渐地注意到了这个与众不同的老者，每次在早晨、午后或黄昏于河边遇见，他都对老者微笑示意，而他发现老者看向自己的眼神里，有着很深的一种同情或者怜悯。而老者从不苟言笑，沉默地度过一天的时光。

　　有一次，聋哑人又遇见了老者，在一个夕阳满天的傍晚，他不想见到老者的目光，便从老者身边走过，嘴里咿呀着。忽然，老者拉了拉他的衣袖，他愕然转头，却见老者熟练地比画出一串手语。他震惊，与之交谈才知老者竟也是一个聋哑人！于是，他们

残缺的身躯，完整的生活

第四辑

通过手语交流。

老者问："你每天都咿呀着做什么呢？不怕别人厌烦吗？"

他回答："哦，那是我心里高兴，在唱歌呢！谁说聋哑人不能唱歌？虽然别人听不懂，可我自己能听懂就行了！"

老者惊讶地问："你每天在河边，有什么事让你天天这么高兴？"

他得意地说："因为我看着风吹河水，看着鸟儿飞过，看着人们走过，就像在心里听到了浪花的声音、鸟儿的鸣叫、人们的哭声，所以就特别高兴！你看，我能用自己的方法听见一切声音，还能用自己的歌声表达高兴的心情。老伙计，难道你不能吗？"

老者叹了口气说："我什么也听不见，什么歌也唱不出，一直就是这样啊！"说完，他站起身，踩着一地的夕阳向小区里走去，而聋哑人却看着老者落寞的背影怔怔。

唱歌的聋哑人早已不为聋哑所围，他能听得见声音，能发出歌声，生活离他是如此之近；而另一个老者，寂静与沉默的生活一直纠缠不休，他永远挣扎在日复一日的相同心境里，苦难仍在继续。

只要心存美好的情境，即使聋哑，也拥抱着声音的世界。而心境沉寂了，便是永远的无奈与折磨。那个老者如是，我们太多的人也如是。

我的鞋呢

　　有很长的一段时间，我一直是懦弱而谨慎，做事更是犹犹豫豫瞻前顾后，有时想改，却又是无从改起。当时我正在一个陌生的城市里为生活挣扎着，同事小刘见我如此，便给我介绍了一个合租房子的伙伴，是他的好朋友，并说那个人很坚强，我和他住在一起，一定会深受感染。

　　我搬到那个房子的时候已是傍晚，开门进去，屋里乱糟糟的一片，房间里已空出一张床来，而对面的床上，一个人正蒙头大睡。我笑了一下，心想这就是小刘所说的那个林刚了。他睡得很死，我收拾床发出的声响并没有惊醒他。弄好床铺，我便开始整理房间，毕竟刚住进来，给人家留个好印象。当我把房间彻底清扫一遍，把两大包垃圾扔到外面的垃圾通道里，已是累得满头大汗。一头栽倒在床上，转头看林刚，他还没有醒的意思。我目光下移，忽然看见他的床下有一只鞋，那是一只很新的运动鞋。心里一震，怎么就一只鞋呢？我忙起身在他床下找了又找，又在屋里看个遍，也没见另一只鞋的影子。糟了！定是我刚才打扫时不小心混进垃圾中给扔了！

　　我冲出门，打开楼道中的垃圾通道的小铁门，那通道一直到楼下，什么也看不见。我又跑到楼下，打开下面的垃圾通道门，里面的垃圾塞得满满的，根本无法翻找。我回到房中，心想这次事没做好，该怎么办呢？初次见面，就把人家的鞋给扔了一只，以后还怎么相处啊！我拿起那只鞋再次出了门，这只鞋很新，似乎没穿过几次，我决定照原样再买一双回来。走了好几家夜里营业的超市，总算买到了一双和这只一模一样的鞋，我又细心地买了同样的鞋垫，并换上这双新鞋走回来。到了住所，脱下鞋，和剩下的那只一对比，几乎看不出分别了，才把那一只鞋抛出窗外。这才长长舒了一口气，把鞋放在林刚床下，一头倒在床上沉沉睡去。

我醒来的时候天已亮了，忙起身，见林刚仍躺在床上，睁着一双眼睛看着我。我冲他笑了一下，并做了自我介绍，他对我表示欢迎。之后，他忽然问我："我的鞋呢？你看见我的鞋了吗？"我一惊，忙说："你的鞋不是在那儿放着吗？"他摇了摇头，说："那肯定不是我的鞋！"说着坐了起来，我一下呆住了，他居然只有一条腿！原来他的鞋本来就只有一只！稍稍平静了一下，我便把事情经过说了一遍。林刚哈哈大笑，拿起那只左脚的鞋穿上，一蹦一跳地去洗漱。我有些奇怪，他居然不用拐杖，要不我也不会弄得这么尴尬了。

随着时日的长久，我对林刚越来越了解。他的确如小刘所说，坚韧无比。身有残疾，却不能消磨他的斗志和勇气。他从不用拐杖，不管去哪里，就是用一条腿蹦跳着前行。他的工作也是五花八门，有时搞电脑设计，有时出去推销保险，甚至他还写文章投稿，还成功地办过个人画展。这个家伙，只要他认准的事，不管多难都要干出点名堂来！而且从不犹豫，想做就做，雷厉风行。在他的感染之下，我也渐渐地积极起来，一扫以往前怕狼后怕虎的心态，生活中的美好让我奔走不停。

我搬出去的时候，笑着对林刚说："管好你的鞋，别让下一个同伴像我一样折腾！"他认真地说："不会的！你来的那天是我刚刚设计完一个软件，正在好好地休息。这么长时间，你啥时候见我睡得那么早？"并灿烂地笑着说："看看，同样的人，我就比你们节省一只鞋！只是我的另一只鞋跑到哪里去了，是真的找不到了！"

我亦微笑，我知道，林刚的另一只鞋正穿在那只看不见的脚上，已踏上了一片又一片美好的所在，使得他的另一只脚不停地奋力跟上！

只记寒宵不记梦

　　1940 年的寒冷春夜，战场上，法国的部队所在地，一个 30 多岁的士兵正借着微弱的光亮，在一个本子上急匆匆地写着什么。外面是硝烟战火，是黑暗，可他的心却平静无比，枪支夹在腋下，就像手中的笔一样自然。

　　有人凑过来问："喂，小个子，你在写什么？还在幻想着你心里的美好世界吗？"他摇了摇头，说："不，我只是在记录这个难忘的夜晚，在这样的夜里，再美的梦也不值得去写！"

　　他个子很矮，而且眼睛有些残疾，就算他目视前方，眼球也会斜到边缘上去。战友们都叫他小个子，认为他是一个奇怪的人，自己跑到战场上来，战斗勇猛，屡出惊人之举。事实上没有人知道，在这之前，他已经是一个相当有名气的作家，出版了好几部小说。只是那时他也不会想到，有一天会亲临枪林弹雨。

　　他的生活从苦难开始，年幼丧父，12 岁时母亲改嫁，继父与他格格不入，两人相互间的反感已达到了一定的程度。他喜欢看书，喜欢思考问题，很少出去和伙伴们玩儿，虽然那时附近的孩子们也叫他小个子，并嘲笑他的眼睛，可他并不因此自卑。相反，他的心里有着一种与年龄不符的决心。那时的生活还很艰难，他独自住在一个小屋子里，四处漏风，冬天的时候，他常常被冻得睡不着。便睁大着眼睛，从房顶的缝隙间望出去，直到有一颗冷冷的星星进入他的眼睛。

后来，他曾多次想起过童年的那些冬夜，在寒冷的包围中，他想到了许多与温暖有关的东西。只是那些东西，已经不再留有一丝印痕，深刻在心中的只有那夜晚，那寒冷，那颗星。

只是奇怪的是，他似乎留恋一切艰苦的境遇，有时会自己去寻找，寻找那些可以和童年的苦难契合的地方，更重要的，他是想去寻找年幼时，曾那样注目过的一颗星。于是，他来到了二战的战场，来到了危机四伏的加勒比海域，来到了中东战争爆发后的加沙地带。在那些地方，他就像回到童年的怀抱里，就像那些寒夜，冷冷中有着一丝温暖。也只有在那些地方，他才能看到那颗给他希望与启迪的星星。

在他45岁的那年，有一个举动震惊了世界。他竟然拒绝了诺贝尔文学奖！虽然之前也曾有两个作家拒领了该奖，可都是出于政治原因。而他，却是自己不愿意！他觉得那个奖项的光环，会照亮头顶的夜空，从而使他再也寻不见那颗星星。于是，掀起了一个讨论他的热潮，世界上许多人都对他更感兴趣，每天都有人来拜访他，想从他的只言片语中，推断他的思想与心境。更有每天上百封的信件从各地飞来，还有那么多的邀请演讲宴会……他没有想到只是拒领了一个奖，却引来更多的纷扰。

后来，他隐居于巴黎一个僻静的住所，那是一个十楼的极小的房间，只有几样很简陋的家具，几个装满烟蒂的烟灰缸。他就在这里深居简出，仿佛湮没于尘世熙熙攘攘的人海。每天看书写作累了便踱到窗前，可以看到郊外的一片空地，那是他目光停留最多的地方。多年以后，当仰慕他的人们来到这里，从窗口望出去，依然是那片空地，只是那里有了一座坟墓，那片常被他目光抚摸之处，成了他的长眠之所。

这个叫萨特的人，几乎一生都在黯淡的际遇中行走，或者说，他一生都走向那些黑暗寒冷的去处，除了他自己，也许没有人知道他在寻觅些什么。虽然他在文学上成了法国文坛泰斗，成了世界文学大师，虽然他在哲学上成了著名的思想家，可留给后人的却是无尽的猜想与追思。

　　是的，他一生都在经历寒宵思虑，虽然他从不记取那些时刻的梦想与憧憬，可是，我们知道那些寒冷与黑暗正是他生命中最肥沃的土壤，生长出比梦想更为美好灿烂的东西。

路过人间

　　1800 年，拿破仑的大军开往意大利的米兰，与长期占据在那里的奥地利军队展开战争。在战场上，有一个小战士总是一个人作战，周围的人似乎不太愿意与他在一处，只是这并不影响他的勇敢与机智。这个刚刚 18 岁的战士叫亨利·贝尔，大家之所以不愿意接近他，一是由于他长得丑陋，脸上似乎有什么残疾，看起来狰狞无比。再就是他性格的怪异，常常莫名其妙地自言自语。

　　由于从小就一直受一个神父的贵族式教育，严禁亨利·贝尔与一般的儿童玩耍，使得他的性格也变得孤僻起来。再加之他扭曲的容颜臃肿的身材，更让他习惯了独来独往。他之所以随拿破仑远征意大利，因为那里是他母亲的故乡，而且他也觉得拿破仑是真正的英雄。刚入伍时，人们问他从哪里来，他却说："我从地狱来！"所以大家都叫他魔鬼。

　　平时有一个与他关系最恶劣的战士，他们几乎兵戈相见，甚至在战场上他们都远离着，怕对方趁机报复。这一战打得极其惨烈，特别是亨利·贝尔所在部队，伤亡非常大。当他从掩体中爬出，迂回着向前挺前，忽然听到旁边有呻吟声，转头看，正是他的仇敌。几乎是在瞬间，他便做出了决定，向仇敌跑过去。把重伤的他背在背上，快步向后方撤退。本来那个战士看他过来，已经绝望，当伏在他的背上，挣扎着问："你不是魔鬼吗？咱们有仇，你还救我？"他头也不回地说："从地狱出来的并不都是魔鬼！"

渐渐地，亨利·贝尔获得了人们的认可，人也似乎变得开朗了许多。从 1806 年到 1814 年，他一直随拿破仑转战欧洲各地，并当上了主管后勤的军官。在征战莫斯科时，部队遭遇了前所未有的败绩，在撤退的过程中，他仍然很兴奋，一点也不像别人那样颓废。败逃的路上，有一天路过一个小小的村庄，他一下被迷住了，这里那么明净，丝毫没有战争的痕迹与阴影，人们看见部队经过也只是静静地看着。他似乎一下子找到了心灵上的家园，竟留恋得脱离了队伍，只是呆呆地看着这个俄国的小村，如醉如痴。忽然，有人在耳畔说："嗨，你快赶不上队伍了！"他听得懂这甜美的俄语，回头望去，一个少女正含笑看着他。那笑容仿佛濯尽他的征尘，他亦微笑着和少女说起话来，两个陌生的人，相遇在这种情境之中，竟似熟识已久，讨论着战争与和平，憧憬着美好与希望。

不知过了多久，少女催促他说："你再不走，真的赶不上了！"他这才站起身来，走出几步，回头问："我来你们的国土上打仗，你不恨我们吗？"女孩笑道："战争和个人仇恨有什么关系？"女孩问："你要去哪里？"他回以一笑，说："到天堂去！"又深深地凝望了一会儿女孩，便大步而去，走出很远，回望，女孩的身影仍伫立在如童话般的小村外。这个情景此后几度入梦，让他觉得没有比梦更远的地方了。

再后来，亨利·贝尔便定居在意大利的米兰，写作，生活。虽然也经历过多次恋爱，虽然他也觉得已经付出了真心的爱，可是，每当午夜梦回，眼前闪亮着的总是那个俄国少女幽深的眼睛。这让他有了遗憾，他知道自己再也找不到最完美的恋爱了。如此，便让他的每次恋爱都无法长久，人们都认为他的品行有问题，再根据他的长相，他被称为"意大利屠夫"。

他从 1817 年开始发表作品，只是反响平平，甚至会引起人们的厌恶。到了 1832 年的时候，生命中最黑暗最艰难的时期到来了，他贫病交加，恢复了以往的孤独与寂寞，虽然有笔相伴，可是那些写出来的小说，尤其是他那篇倾尽了无数心血的长篇，面世之后却遭到评论界无情的批判。只是他并没有因此而落寞放弃希望，他知道自己的这部作品总会有人欣赏，所以他在书的背后写道："献给幸福的少数几个人！"而且他坚信此书会在 1880 年之后被所有人理解和喜爱。那十年的艰辛生活，支撑着他的是写作，是希望，温暖着他的是心底最柔和的角落里那个永远如水般清纯的俄国少女。

1942 年，他在病中离开这个世界，仅有三个人参加了他的葬礼。在他的墓碑上，刻着不能再卑微的一行字："米兰人亨利·贝尔安眠于此。他曾经生活过、写作过、恋爱过。"

时间证明，他当年的预言很正确。他的那本书，在 1880 年后风行全球，至今仍被列为名著之列。是的，那本书就是《红与黑》，而他发表作品的笔名叫司汤达。后来，人们在他的《红与黑》手稿中，发现这样一句写在书外的话："我从地狱来，到天堂去，正路过人间！"

司汤达一生际遇悲惨，可他却是真正地活过、爱过、写过，天堂在遥远处，而不管周围是怎样的黑暗与无情，在他明亮的眼中，永远是正在路过的美丽人间！

用一颗星星点亮苦难

那是一个星光照耀的夏夜，在加拿大小城诺兰达郊外的一所小房子里却是黑沉沉一片，一种阴冷恐惧的气氛在缓缓地流淌着。

这是一座早已废弃的房子，窗子早已封死，墙皮也已剥落，一扇厚厚的门紧闭，一把大锁如同黑夜的幽灵，将星光锁在门外。屋里的黑暗仿佛凝固了，良久，地上发出一簌簌的响动，一个小小黑影动了起来。

当7岁的托尼再次醒来时，眼前仍是无边的黑暗，这已经是第二个黑夜了，手脚都被捆绑着，只是没有堵着嘴。其实堵不堵着嘴，托尼都不会大声呼救，因为他两年前就已经不会发出任何声音了。一次生病，由于误服了药，声带就烧坏了。他艰难地在地上滚动着，抬头去看，想从无尽的黑暗中发现些什么。

托尼是一个聪明的孩子，从小喜欢唱歌，他的歌声悠美动听，曾获过奖。自从失声以后，歌声便远离了他的生活，虽然生活中歌声无处不在，却再也不会有他的旋律。后来，他就喜欢上了弹钢琴，发现自己的音乐可以用这种方式表达出来。他的家境很好，父母都是商人，见儿子从阴影中走出来，自然是全力支持他，给他买来最好的钢琴。他的确很有这方面的天赋，每一个曲子都弹得毫无差错，只是他自己总觉得琴声里少了些什么，以为是少了一种心境一种情感，可是努力之下仍没有改变。

那是一个黄昏，托尼独自在家弹琴，在琴声里思索着，到底缺失一种什么，才会让音乐少了许多内容呢？这个时候，有人闯了进来，他并没有停止弹琴，直到一个袋子从头顶套下来，他才明白是来了强匪。他就这样被绑架了。

那个夜里，就是在这个小黑屋里度过，伴着惊恐和无助，那是一种绝望边缘的深深无奈。很奇怪的是，在那样的一种境遇之中，他忽然极其强烈地想弹琴，心中从没有这样渴望过。只好在想象中一遍遍地让那些曲子流过指间，可是，依然是从前的感觉，琴声中还是缺少了一些东西。本以为现在身处苦难或者危险之中，会有自己的感情融进去，只是，融进去的也只是一种失落和绝望，如身外无边的黑暗。

第二个夜里，托尼烦燥地在地上滚动了一会儿，忽然，他便不动了，只是怔怔的样子。这期间，那个绑匪一直没有出现，这让他心里也少了一些恐惧。凌晨的时候，外面已经隐隐发亮，屋里还是漆黑。托尼依然保持着那个姿势，直到救援人员破门而入，他依然没有变。

父母都很着急，以为孩子被惊吓出毛病来了。一到家，托尼挣脱了母亲的怀抱，跑到钢琴边，十指飞舞，琴声响起，听了多少遍的曲子，在场的人却第一次听得呆了。一样的旋律，却有着一些不同的东西在里面，感染震撼着他们的心。

一曲弹毕，托尼微笑起身，所有的负面情绪一扫而空。他对大家说："我终于明白我的琴声里原来少的是什么了！"

在那个夜里，在那个黑黑的郊外小屋中，托尼在地上滚动着，忽然就看见屋顶的一点漏处，一缕星光从那里泻进来，落入他的眼睛。那一刻，他看得呆了，那么小的缝隙，那么重的黑暗，只是一颗星星，一切都变得那么生动。恐惧与担忧尽去，有希望在生长。是的，一颗星可以点亮所有的黑暗，一颗充满着希望的心也同样会点亮所有的苦难。

是的，托尼的琴声中，不仅缺少苦难的经历，更缺少在苦难中萌生的希望之心。是那一次被绑架的经历，是那一点星光闪耀，让他的心变得温润无比。他知道从此，不只是他的琴声，他生活的一切都将有着更精彩的内容。

后记

生活没有抱怨

看了这么多残疾人的故事，相信你总会为其中的一些所感动，甚至会影响到你对生活的态度。

我们对生活到底应该是什么样的态度？从故事中我们知道，就是永远乐观，永不服输，心中永远充满爱与希望。

在生活中，怨天尤人的人很多，看到别人的成功心里很不平衡，总是想，如果给我那样的条件和机遇我也能成功。或者就是抱怨上天无眼，抱怨世事不公，仿佛全世界都在负我。

其实，从残疾人的经历与奋斗中我们可以看到他们从不抱怨。即使上天给了他们不完整的身躯，他们也是默默地承受着，并努力使之成为前进的动力。

在别人成功的背后，一定有着我们所看不到的努力和汗水。而我们常看到别人成功时的辉煌，却从不去想他们经历那么多次失败时的坚守与坚持。

所以说，没有什么可抱怨的，如果说有，就该抱怨我们对待生活的态度。生活永远是公正的，你的汗水不会白流，只要你心中的希望之火不曾熄灭。

我曾接触过许多残疾人，所以才会写下这些故事，我想让他们的精神、他们的情怀去感染更多的人。如果你读了这本书，心中能有所感动，便是我的收获。

我认识的那些人，心中都有着浓浓的爱，热爱生命，热爱生活，热爱身边的每一个人，就像一团团火，彼此温暖辉映。

他们心中也有着灿烂的希望，是希望把他们引领到人生的高地，是希望让他们走过坎坷，走过艰难，走向生命的丰盈。

他们心中有着许许多多的美好，他们从没有抱怨，他们用热爱点亮黯淡，他们用希望焐热寒冷，他们用自己的心去创造生活的多彩。

一个小女孩，她在轮椅上用力向我挥着手说："我一直在努力。"

一个小伙子，他用一只手在博客上打下一句话："我一直有希望。"

那个拄双拐的老教师，在黑板前对记者说："我一直在热爱。"

那个笑着面对厄运的盲人姑娘，饱含深情地说："我一直在珍惜。"

努力、希望、热爱、珍惜，多么美的一些词语，这本应是我们所有人应该拥有的。拥有了这些，也就拥有了无悔的生活。

那就告别那些抱怨吧，不要在怨怼中蹉跎了时光和心境，生活，永远是自己的生活。

感谢那些曾感动过我的残疾人，祝他们的热爱一如既往。

感谢读了这本书的你们，祝你们从此心里装上更多的热爱。

祝福你们！